杯酒

Civilian life

人生

顾前 著

北京出版集团公司
北京十月文艺出版社

前些年

前些年，我在亚龙公司干过挺长一阵子，现在回想起来，在亚龙公司的那段日子给我留下的印象极为愉快。

亚龙公司在城南老城区的胜州路上，这里街道狭窄肮脏，周围都是有几十年甚至几百年历史的老房子，且以平房居多。胜州路往西，靠近4路公共汽车站的地方，有一家颇具规模的饭店，名叫亚龙饭店（也是属于亚龙公司的）。饭店的后面，有一栋不大的灰色的两层筒子楼，亚龙公司的总部就在这里了。楼房已年久失修，外观陈旧，紧贴墙壁的下水管锈迹斑斑。里边天花板上的石灰多处脱落，露出一排排小木条。到了下雨天，二楼走廊拐角处的天花板还会漏雨，把走廊地面漏得湿漉漉的，也没有人管。楼上楼下各有两排大大小小的房间，大房间是把隔墙打掉扩成的。每个房间都没有任何装修，只是地下铺着带黄色花纹的塑料地板，这塑料地板已破烂不堪，到处都是窟窿，有的地方干脆少了一大块，露出了粗糙的水泥地面。各房间门口上端都挂着一块牌子，标明了各个部门，有财务科、劳资科、行政科、总经理室、副总经理室、总务科、会议室、基建科……

上班时——尤其在上午，每个房间里都挺热闹，干什么的都有，喝茶的，抽烟的，打私人电话的，看报的，聊天的，打情骂俏的，有时还有下围棋和打牌的，唯独认认真真地坐在办公桌前办公的人极少。有的人从这个房间溜到那个房间，这里坐坐，那里站站，和这个说几句话，和那个讨根烟抽，然后又没了影子，你都不知道他到底是属于哪个部门的，或者是不是公司本部的人。事实上我在这家公司里干了很长时间以后，都还没有搞清有些人是哪个部门的，又是什么职务，甚至有些人我从来就不知道他们叫什么名字，因为这些人来上几天班，又会有很长时间不见了踪影。另外，没有任何人对别人的无所事事加以指责或训斥，似乎对这一切人人都已经习惯了。至于迟来早走，在公司里更是家常便饭，通常到了下午三四点钟，公司里就已经见不到几个人了。

我刚来亚龙公司时，看到这样的情景，还颇感困惑，不清楚这究竟是一家什么样的公司，这么一帮二流子聚集在这里又是在干什么，以后在公司待得时间长了，逐渐对情况有了大致的了解后，我才终于明白这到底是怎么一回事了。

这就要说到总经理周亚振这个人了。

周亚振四十多岁，矮矮胖胖的，肚子很大，走起路来迈着八字步，胸脯像公鸡一样挺得老高。他相貌没什么特别的，留着小平头，长着一双死鱼似的无神的小眼睛，一张马脸上油光光的，没有胡子。

周亚振“文革”时期是红卫兵司令，他在那如火如荼的革命岁月里的英雄业绩，现在已无从查考了，但肯定是让人热血沸腾、风光无限的。“文革”后期，周亚振被抓了起来，在监狱里待了一段时间，然后就被下放农村当了知识青年。不难猜测，这段“文革”经历对周亚振今后的生活产生了至关重要的影响，培养了他无比强烈的权力欲，认为人生的最高追求就是去获取越来越大的权力，就是去当大官。想必他当红卫兵司令的时候，指挥千军万马的感觉太好了，被人仰望和崇拜的感觉太好了，为所欲为、一呼百应的感觉太好了。

从农村上来后，周亚振先是进工厂当工人，接着他大概认为当工人离他的追求实在是相距太远了，就辞职下来当了贩鸭子的个体户。应该说，周亚振还是有点能耐的，他从开始的去外地贩来鸭子卖给卤菜店，到后来的产供销一条龙——自己定点农民家养、自己贩、自己卖，没用多长时间，他就发了财。金钱对于周亚振来说显然不是他的最终目的，而只是他获取权力和当官的一种手段。有了钱后，他就成立了亚龙实业集团有限公司，自任董事长兼总经理。按理说，这是一家私营公司，周亚振只要安安心心地做他的私营老板，就可以发发完全属于自己的财了。但是周亚振却不是这么想的，其一，在当时的环境下，私营公司几乎在银行里贷不到款，那么如果公司想尽快发展的话，没有大量的资金投入，就肯定会困难重重。其二，私营公司的老板有什么政治地位可言，又算多大的官呢，确切地说就是相当于什么级别的干部？那么如果既无政治地位，又无法算个官的话，发点财又算个什么呢。这样，出于这两方面的考虑，周亚振就想方设法要把自己的亚龙公司挂靠到一个正儿八经的政府机构。一开始，亚龙公司是挂靠在省纺织品进出口公司的，后来当周亚振得知省纺织品进出口公司只是县团级单位时，他认为自己被欺骗了，大发雷霆："他们只是县团级单位，那我们公司算什么级别？"

结果周亚振又通过自己在省公安厅工作的一个老同学，把亚龙公司挂靠到了省公安厅。这下周亚振心里终于踏实了，以后公司开大会时，周亚振经常这样给手下的员工训话："你们都要好好地给老子干，要不公司倒闭了，我没什么损失，到公安厅去当个处长就行了，可你们到哪儿去混饭吃？"

如此一来，至少在名义上，亚龙公司已不再是私营企业了，而是省公安厅下属的一家大集体性质的单位了，总经理周亚振也自我感觉是个县团级干部了。大概也就是从这个时候起，周亚振觉得自己是个大人物了，开始有了异乎寻常的大气魄。

为了让公司尽快扩大，为了有更多的手下，以使自己的县团级干部名副其实，周亚振先后吞并了好几家濒临倒闭的小企业，有喷漆厂、模具厂、纸箱厂、灯具公司，同时，又在公司下面成立了不少新单位，像钢材经营部、玩具厂、广告公司、农副产品批发部、饭店，还在市郊办了个养狗场（专门饲养狼狗和藏獒）。总之，摊子铺得越大周亚振越高兴。

自然，吞并别的企业和成立下属单位需要大量的资金，对此周亚振眼睛都不眨一下，只管向银行贷款。几十万，几百万，几千万，就跟草纸似的只管从银行去取，花起来也跟用草纸擦屁股似的全不当一回事。那么，银行又不是周亚振开的，他怎么能随随便便地大量贷款呢？这里就要说到周亚振的用人之道了，这既体现了他的聪明之处，又可以说是他愚蠢的地方。亚龙公司成立后，周亚振招收了大量有权有势的人的亲朋好友。结果，银行分行长的侄子，招商办主任的连襟，轧钢厂副厂长的老乡，法院经济庭庭长的内弟，解放军工程兵学院副院长的儿子，税务局税务科科长的妹妹，派出所所长的朋友，人大副主任秘书的姘头，无线电厂党委书记的表弟，公安厅宣传处处长的表外甥（就是我）……一句话，周亚振用这种方法给自己编织了一张牢固的关系网。好处是不言而喻的，贷款、担保、减免税、批块地皮、拖欠债务，等等。坏处也是显而易见的，这些人要么就是本来就不能干事，要么就是自恃关系不屑于干事，而且对于他们还不好管理，除了周亚振本人谁都能管之外，别人要想管他们，还真得思量思量，弄不好被管的人还没怎么样，管人的人倒先被周亚振臭骂一顿。

不过公司混乱成这样，盲目乱铺摊子和用人不善可能还只是个次要原因，更主要的原因就是，周亚振本人是个不可救药的酒鬼。

听说周亚振以前喝起酒来还没有这么厉害，可随着公司越来越大，他的自我感觉越来越好，终于喝起酒来再无节制了。周亚振每天喝两场酒，中午一场，晚上一场，他逢喝必醉，逢醉就要发酒疯、骂人，干出种种荒唐事。公司里的人都知道，找老板周亚振谈工作，一定要在上午，过了中午他就不再清醒了。

大人物都有大人物的派头，周亚振自然也是如此，他喝起酒来，公司的中上层干部是都要作陪的，然后周亚振喝多了——这几乎从无例外，便开始骂人，在酒桌上看谁不顺眼就骂谁，被骂的人不仅要忍气吞声，还要赔笑脸，否则可能一个酒杯就要飞过去了，挨得近的可能就是一巴掌，公司的不少干部都被周亚振打过。无论是被骂还是被打，谁敢吭声，除非你不想干了。这时你唯一能做的，就是祈祷周亚振尽快喝醉，被人搀下酒桌。

周亚振喝醉后，名堂更多。一次周亚振喝醉了，几个干部把他扶到公司的会议室，让他躺到长沙发上休息。这时劳资科孔科长为了讨好周亚振（他已经有一阵子没被周亚振骂了，大概自觉挺得宠），蹲下身子去给他脱皮鞋，冷不防被周亚振一脚踹在裆部，卵子差一点就给踹炸了，当时就瘫在地下起不来了。他在家休息了好几天才来上班，以后一见到周亚振喝醉他就只敢侧身站在周亚振面前，以防再踹他的卵子。

另一次，公司驻上海办事处主任回公司述职，这是个老头子，年近六十了，姓黄，他同时还兼任着公司的副总经理。回来了自然要陪周亚振吃饭，名义上还是给黄主任接风。酒桌上周亚振着实夸奖了黄主任一番，还一连跟黄主任干了几杯酒，又命令别的人向黄主任敬酒。黄主任一来舟车劳顿，二来年老体衰，不胜酒力了，喝了一会儿就提前退席，回到公司的会议室去午休了。这边周亚振照例喝醉后，几个干部也扶着他去会议室休息。周亚振一进会议室，看见黄主任正打着鼾躺在长沙发上睡觉。黄主任睡觉有个习惯，眼睛半开半闭，露着眼白，周亚振见状甩开扶着他的人，猛冲过去扑到黄主任身上，两手紧紧地掐住黄主任的脖子，一边掐还一边骂："见翻白眼的老子就来气，一看就是他妈的奸臣。"可怜黄老头子被掐得脸色发白，舌头都吐出来了，要不是别人一拥而上，把周亚振给拉开，说不定黄老头子当场就被掐死了。

还有，周亚振好色也是出了名的，喝醉了之后更是如此。以前，周亚振中午喝醉后回到公司，见到女职员就会两眼放光，竖起食指，然后食指朝自己面前一钩一钩的，意思是要人家过来。谁敢过来？女职员见到他这副样子都花容失色，就像老鼠见到猫似的赶快逃。有一次基建科的一个四十多岁的老妇女自恃貌丑，动作慢了些，没有走脱，被周亚振堵在了办公室。周亚振二话不说，就把她按倒在了办公桌上，搞得老妇女像杀猪似的叫了起来，当然也没发生什么了不得的事情，只是让周亚振狠抓了两把奶子，还没等他再有所动作呢，旁边的干部立刻七手八脚地把周亚振给拉开了。不过这种事情以后就不多了，原因是周亚振不知什么时候起把财务科的一个女会计弄上了手，接着两人不顾各自的家庭，公然同居了，然后这个女会计就被提拔成了财务科的科长，就是现在的鲁科长。有了鲁科长后，周亚振在这方面就收敛多了。但尽管如此，女职员们都还心有余悸，见到周亚振喝醉后，她们跑得比兔子还快。

所以这几乎已成了惯例，每当中午周亚振在亚龙饭店喝醉了，快回公司的时候（有时周亚振也会在别的饭店吃饭，不回公司），总会有一个作陪的干部提前回到公司，通知大家一声："周总喝醉了，马上来。"

这时候你看吧，公司里的男男女女都一哄而散，开始东躲西藏，有的人就干脆下班回家了。女的是怕被周亚振调戏（虽然有鲁科长在，但保不准会出意外），男的是怕挨周亚振的骂。霎时间公司里就变得静悄悄的了，然后就见公司里的一群中上层干部前呼后拥着周亚振回来了。一直等到周亚振躺下了，睡着了，公司里才会重新热闹起来。

要说周亚振如此胡作非为，别人为什么不离开公司（离开的人很少，相反想进来的人倒很多），还要赖在他手下活受罪呢？答案是这样的，凡事都有利有弊，在周亚振手下虽然会受窝囊气，但好处也是显而易见的。起码你可以不干活儿（或只干极少的活儿），就有钱挣吧，这种好事别的单位有吗？其次，那些当干部的，有点实权的，都在利用公司管理的混乱或多或少地为自己捞钱。就说方副总吧，在亚龙公司完蛋以后，他自己开了一家规模不小的唱片公司，那么他开公司的这笔钱是从哪儿来的？

另外说句公道话，周亚振清醒的时候还是蛮不错的，甚至还有点和蔼可亲。上班时，他这个办公室转转，那个办公室转转，拍拍这个肩膀，和那个说两句亲切的话。有的人头天刚被他喝醉了骂过，第二天又会被他当众夸奖。有个人从外地调来公司，因为没有房子住，一家老小都过不来，周亚振知道后，一时心血来潮，当场对他说："你去租套房子，把家人接过来。租金公司报销。"这笔租金数目可不小，但周亚振既然发了话，再大的数目也不是问题。兴致来了，周亚振还会立刻招呼别人在办公室里陪他下围棋或打牌，自然什么纪律不纪律的对于他来说都是胡扯蛋（老板带头，别人上班时也就想干什么就干什么了）。

我刚来上班的那会儿，周亚振一到劳资科，就爱和我聊聊家常，还对我说："你有什么困难吗？有困难就跟我说，别客气，你表舅是我的老同学，当年我们关系可好着呢。"另一次对我说，"你还没老婆吧，你想要找个什么样的，我给你介绍。公司里要是有哪个女的你看着顺眼，跟我说一声，没问题的。"当然周亚振这只是信口开河，说过也就忘了。但是有一次周亚振把我叫到他的办公室，确是很认真地对我说道："你想不想干点事？"

我一时不明白周亚振的意思，问道："干……干什么事？"

"你要是想干事的话，"周亚振说，"你自己去外面找一间门面房，开一家店，比如字画店、古董店什么的，总之搞个高雅一点的店，当然是属于公司的，然后我给你十万块钱，让你承包，你干不干？”

“我没干过，”我慌乱地摇摇头，“不能干不能干。”

周亚振笑了：“笨蛋，我是想让你发点财啊，你只要不给我赔钱，盈了利全归你。”

我还是摇头：“谢谢周总了，我真的不能干。”

这事也就不了了之了。以后我跟一个叫姜占国的同事（我在公司里跟他关系最好）谈起过这事，他大骂我是废物，错过了一次挣钱的绝好机会：“老板是在讨好你的表舅啊，你把他给你的钱全赔了，他也不会拿你怎么样的。公司下面的单位哪个不赔钱，但承包人自己哪个不捞足了钱？”

想想确实是这么回事，我有点后悔了，但后悔也迟了，周亚振以后再没有提过这事。这大概是我这一生中仅有的一次发财的机会，却让我当面错过了，所以我到现在还是个穷光蛋，怨不得别人。

有时，周亚振的心情特别好（一个月总有个两三次），中午快下班的时候，他便会让干部每个办公室通知一声："中午下班后，大家都去亚龙饭店吃饭，老板请客。"接着公司里的人都欢天喜地地涌去亚龙饭店，大吃大喝，自然喽，除了干部，别人吃饱喝足了能溜的就要赶快溜，否则等周亚振喝醉后逮着不是玩的。

公司最早的办公地址就是亚龙饭店，后来周亚振为了吃喝方便，也为了利用门面房多成立一家下属单位，才改成了亚龙饭店。公司则租了后面的一栋筒子楼作为办公之用，破虽破了点，不过反正也没有多少公可办，也就是找个地方给一帮闲人坐坐罢了。

再说说公司的经营状况吧。

公司的所有下属单位中，除了钢材经营部稍有盈利之外，其他的单位全都亏损，整个公司自然也是大亏特亏，全靠银行贷款在支撑着。名义上，公司的下属单位都是个人承包的，独立核算，可周亚振却不管这一套，想用钱了，如果总公司的账上周转不灵，他就一个电话打给下属单位的头儿，让人家把自己单位账上的钱划过来，全不管人家把钱划过来后是否会造成经营困难。对此谁要是稍有微词，就会被周亚振臭骂一顿："你他妈的是不是不想干了？你要是不想干了就说一声，给老子滚蛋。”

对下属单位的经营，周亚振也是随心所欲地乱干涉。有一个大学老师，搞了一个小发明，他通过别人把周亚振请去吃了顿饭，席中周亚振喝得高兴了，再听这个大学老师天花乱坠地一吹，马上让公司下属的模具厂投资生产这个大学老师发明的玩意儿，结果模具厂搞了半年，钱花了大把，生产出来的玩意儿却并不像原来设想的那么管用，根本销不出去，全堆在仓库里了。那个大学老师挣了发明费，又拿了半年的生产指导费，拍拍屁股走了。只苦了模具厂。这种操蛋事别人还不能提，谁提谁挨周亚振的骂。

起初我在亚龙公司上班时，还有点不太适应，整天无所事事，东晃西晃，不知道该干什么好，有时实在觉得无聊了，就溜出去转转。胜州路沿街的店面都很小，多是卖寿衣寿幛的，也有卖大碗面小笼包咸水鸭的。尤其让我感到惊奇的是，这一带小巷里的居民有不少还在用马桶。天气晴好的日子，小巷里隔不多远就能看见一只斜倚在墙边晒太阳的马桶，旁边还靠着一把竹制的马桶刷子。有的马桶油漆剥落，呈一种褐黄色，大概已经经历过不止一代人的屎尿洗礼了。小巷里还时常能看见坐在墙边晒太阳的老头老太，他们一个个畏畏缩缩，神情落寞，寡言少语，彼此之间就跟一只马桶和另一只马桶待在一起一样悄没声息。人活到这一步可就真没什么意思了。

不过，没用多长时间，我就适应了这种轻松的上班，并热爱上了这份工作。毕竟，吃苦耐劳肯定不是那么容易让人适应的，享享清福适应起来又有何难。和同事们的关系搞熟以后，我立刻就融入这帮二流子中去了，上起班来跟他们一样悠闲自在。我还发现离公司不远的巷口，有一家棋牌社，我有时上班上腻了，就到那里去转转。棋牌社里，打牌下棋的人很多，全是带彩的，也就是赌博。我这人对赌博兴趣极大，但只爱看不爱玩，一是没那么多钱，二是没那份胆量。但看看也够刺激。我见过一个下围棋输了两百块钱的人，瞪着眼睛骂旁边一个插嘴的人，那个被骂的人梗着脖子刚想说什么，脸上就被一拳打开了花。我还见过一个玩二八杠（一种用扑克牌比点子大小的赌局）的小伙子，身上带的钱输得精光，然后苦苦哀求那个赢了他钱的人把钱还给他：“求求你了，把钱还给我吧，这是我一个月的工资。我老婆要是知道我把工资全输掉的话，不会让我回家的。”那个赢了他钱的人看样子认识他，叫他“三子”，抽出了二十块钱给他。他迅速地把二十块钱装进口袋，又继续哀求，“太少了，再给我一点吧。求你了，大哥，再给点儿吧。”那个赢钱的不耐烦了：“去去，少来这一套。”旁边的人也说那个输钱的小伙子。“没见过你这么㞞的人，输不起别来嘛。”“真是他妈的二百五，输点屌钱成这德行了。”输钱的小伙子脸涨得通红，眼看着就要哭了，我在一边都为他感到难受。

记忆中，我到亚龙公司的前几个月，一共只干过两件事。头一件事，我所在的劳资科要添置一些办公用品，孔科长要我和科里的一个姓孙的妇女一起去买。我们去了永安商场，该买的东西都买了，准备去开发票的时候，姓孙的妇女有点不好意思地小声对我说：“你家里不需要什么东西吗？”我愣了一下，反问她：

“你呢？”

“我想买个电饭煲，你看那边那个式样不错。”

“是挺好的。”

“那咱俩一人买一个怎么样？”

我点了点头，同意了，也明白是怎么一回事了。这种事哪怕你从没干过，但要想弄明白却是很容易的。结果我们就一人买了一个电饭煲，每个五十五块钱，当然是用公款买的，全部开在办公用品的发票里。这就是我给公司干的第一件事，还顺便贪污了一个电饭煲。以后我还想再给公司干干这样的事（我家的水瓶不太保温了，该换个新的了），可再没人找我了。

第二件事，公司的小车出了车祸，把一个人给撞伤了，原因是周亚振酒后坐在车上，让司机开得飞快，结果遇到了紧急情况后刹车不及。被撞的是个正在读大学的小伙子，伤势比较重，主要是头部受了重创。在等着交警部门处理事故的期间，公司要派人护理那个小伙子，全要男的，任务是伺候那个小伙子上厕所，其他的事由他家里人来干。我被分配护理三天。我一到工人医院脑科病房，见到那个小伙子，就断定这小子是完了。

他一动不动地躺在病床上，头上缠着白绷带，两眼直愣愣地望着天花板发呆。我在医院的三天他基本都是这样，不说话，也很少动，喂他吃饭他就吃，喂他喝水他就喝，想上厕所了就傻头傻脑地往起爬，然后由我搀着到厕所。好在掏麻雀撒尿他还会，否则让我帮着掏可就太讨厌了。

那小伙子的姐姐始终在病房里陪着他，喂饭喂水等杂事都是她来干。那姑娘长得挺不错，一看就是老实本分的那种人，她在一家工厂里当工人。我在病房里闲着无事可干，就和她聊天，还完全站在她的角度帮她出谋划策，要她千万不要放过我们公司，一定要通过这件事向我们公司索赔一大笔钱。她对我的好意十分感激，很快就和我搞熟了，什么话都跟我说。她父亲早年去世，是她母亲一手把她和弟弟带大的，家里生活一直很艰苦。她弟弟从小就爱画画，高中毕业后考上了艺术学院油画系，她和她母亲都为他感到骄傲。学院里的老师也说她弟弟很有天分，以后前途无量。出车祸前一阵子，她弟弟正是“画风大进”的时候，可谁想到……

她说到这里，我觉得她的话里有什么地方不对头，琢磨了一下，才发现“画风大进”这话不通，画风只能大变，怎么能“大进”呢，画技“大进”才对。但我没有纠正她，想想她只是个工人，没什么文化，何况她说到这里正在流眼泪呢。我宽慰她，说她弟弟以后肯定会好的，以现在的医疗手段治好她弟弟根本不是问题，我嘴上虽这么说，心里可不是这么想的，我估计那小子这辈子是玩完了，这个世界上从此少了一个画家，多了一个白痴，为此我并没有感到特别难过。

当然我还是同情她的，而且我对像她这样老实巴交的人还挺有好感，甚至在心里还动过一个念头：要是把她娶了做老婆可能也挺不错，这种穷苦人家出身的姑娘大多是很守妇道、贤妻良母型的，女人的这种品质我是很欣赏的。但这念头也仅只是动了一下而已，最终并没有落实成行动。其实我要是真落实成行动，成功的希望还是蛮大的。我记得，我陪护的第二天，她就邀请我和她一起吃饭了（她母亲送来的饭菜挺多，而她那个白痴弟弟吃得却很少），并且不停地给我夹好菜。扶她弟弟从床上起来上厕所的时候，我俩的胳膊在她弟弟的背后叠在了一起（她的胳膊在上边），可她却并不急于把胳膊挪开，相反她弟弟已经坐起来了，她仍然保持胳膊不动，表面上是跟她那傻头傻脑的弟弟说话。“你的头昏不昏？”“要不要坐一会儿再下床？”他弟弟自然是一声不吭。有时，我在椅子上坐累了，站起来走到窗前向远处眺望（病房在二十几层楼上，透过窗户可以望见远山），她会悄悄地走到我的身旁，问我在想什么，我说没想什么，她就不说话了，和我并排站在窗前向远处眺望。我侧过头去偷看了她一眼，她脸上的神情是忧郁的，但似乎也夹杂着一丝渴望。

三天的陪护结束以后，尽管她依依不舍地把我送到门口，说了这么一句意味深长的话：“要是你们公司一直派你在这里陪护就好了。”可我并没有接她的话，只说了句祝她弟弟早日恢复健康就溜之大吉了。

为什么会这样呢，也许是她说过的那句“画风大进”的话让我不太舒服吧，人有时候是会这样的，一个微不足道的细节过不去，整个一件事也就过不去了。比如说我写小说，要是一个词用得不太贴切，或是一句话感觉不顺，我就无法往下写了，道理是一样的。还有一个可能，那就是我潜意识中感觉到她弟弟是个障碍，要是那小子果真好不了了，成了白痴，那将来岂不要靠他姐姐照顾一辈子，而我如果真成了他的姐夫，这副重担理所应当地也要落在我肩上了。那我不是吃饱了撑的，弄个白痴来伺候，好玩啊。

大约在我进公司的第五个月，终于给我分配了具体工作。公司新成立了一个秘书科，这秘书科里一共只有两个人，没有专门的办公室。一个圆脸戴眼镜、穿着邋遢的姓刘的男人当科长，我是副科长，我俩手下没有兵。刘科长上任后的主要任务，就是在市郊考察，因为周亚振想在市郊买一块地，建一个林场。结果刘科长便不用到公司来上班了，只管在外边“考察”就得了，一直到我离开公司，他也没有“考察”好。不过他不来公司上班倒是好事，要不然听他说话真是活受罪。他是一个严重的结巴，是我所见过的结巴得最厉害的家伙。“你、你、你、你，”他挤鼻子弄眼，仿佛做鬼脸一般地终于把这第一个字说完了，“最、最、最、最、最近、近、近……”其实他想说的只是：你最近在忙什么。可却把吃奶的力气都使出来了。

我这副科长的具体工作是，每天到录像点租两盘录像带给周亚振看。周亚振是每天晚上都要看录像的，也不知道周亚振喝酒喝得一塌糊涂怎么还能看录像，或者看录像就是他的一种醒酒方式吧。

早晨，我先到录像点，挑好两盘录像带（周亚振起初只看欧美片，以后好看的欧美片看光了，才勉强看看香港片，国产片他是从来不看的），然后到公司把录像带交给周亚振，如果周亚振不在，就交给鲁科长。同时聆听周亚振的关于录像带的指示，或是鲁科长转达的周亚振的指示。不外乎是昨天拿的带子好不好看，要不要继续拿这样的。

这工作干了一段时间后，我就摸准了周亚振的口味，他不太爱看简单的打打杀杀的枪战片，还是爱看有点艺术水准的片子，像获奥斯卡奖的片子他都挺爱看。以此判断，其实他也不是个笨蛋，要不是喝酒喝得太无节制，说不定他也能把公司弄出点样子来的。

每天，我把新带子交了，拿上旧带子（第二天到录像点拿新带子的时候再还旧带子），这一天的工作也就结束了，我愿意继续待在公司里就待，不愿意待在公司里回家也可以。我通常是吃了公司免费供应的一顿午餐再走，回家去睡午觉，下午就东游西逛地找人玩去了。实际上我等于是上半班。

自从我干上这份工作以后，公司里有不少人都开始巴结我，他们都想从我这里看上免费的录像带。我基本上都是有求必应，当然次数也不能太多，太多了我就会说，鲁科长打过招呼了，不能把录像带给别人看，所以我也难办啊（鲁科长的确给我打过这样的招呼，这我倒不是瞎说）。这样一来，大家对我的印象都很好，理解了我的难处，不至于没有节制地向我借录像带。用公款做人情，又不要我掏一分钱，何乐而不为，只要不太过分就行了。我一个月跟录像点结一次账（因为是老顾客，要给我打折的），又用的是支票，再说每个录像点的租费不一样，因而我把带子给别人看，从费用上是看不出什么问题的。况且我还是副科长呢，谁会为这点小钱跟我计较。因为人缘好，到我以后离开公司的时候，很多人都对我依依不舍，还有人出份子为我饯行呢，那场面真是蛮感人的。

年终到了，每个单位到了这时候都是要开年终大会的，亚龙公司虽然乱得一团糟，什么规章制度也谈不上，可这年终大会却是要照开不误的。好歹也是个县团级单位，起码的规矩还是要讲的。

下午，亚龙饭店里已经坐满了人，还有很多人没位子坐，只好站着。公司本部的人当然全体都要参加，还有下属单位的干部和职工代表。大家都很兴奋，因为谁都知道，会后又要大吃一顿了，为此除了我们的亚龙饭店，周围的几家饭店也都全给包下来了。有人已经迫不及待地谈论开了，是多少钱一桌的标准，酒是什么档次的？他妈的，去年喝的是泸州老窖，今年再怎么说也要是洋河大曲吧。听说干部那桌要上五粮液呢，上午就见人买了一箱，运到后堂去了。那咱们到时候趁乱也弄一瓶来喝喝，操，五粮液是好喝。

饭店前面的主席台已布置就绪：一排铺着红布的桌子，桌上每隔不远就有一块立起的小牌子，上面写着公司头头的姓名，就跟电视上那些大干部开会坐的桌子一样。

音乐声响起，大家在干部的带领下开始鼓掌，因为这时周亚振领头，公司的领导开始鱼贯入场了。天哪，周亚振可打扮得像个人样啦（这也是一年中他头一次在下午还清醒的日子）。他身穿一套笔挺的米色西装，扎着红领带，平常像刺猬毛一样竖着的头发被厚厚一层油压服帖了，光溜溜的，苍蝇站上去都要打滑。一双死鱼似的小眼眯成一条缝，带着笑意，尤其是，他好像对自己到了下午还是清醒的感到不太适应，或者是他对自己打扮成个人样感到不太适应，似乎有些羞涩，那张没胡子的马脸上升起了两朵红云，看起来真有点神采奕奕的味道。他边走边鼓着掌，走到主席台正中站定，向大家挥手致意，颇有几分领袖的风采。

会议开始，几个副总先后做了点缀性发言，重头戏当然由周亚振来唱。他说在这过去的一年里，公司在方方面面都取得了很大的成绩，他把这些成绩的取得，归功于公司全体职工忘我的工作精神，以及良好的个人素质，他说有些人为了公司的发展呕心沥血，积劳成疾，这一切他都是看在眼里的，记在心头的。接着他点名表扬了一些人，其中就有被他踹中卵子在家休息了好几天的孔科长，大概他把这也算成“积劳成疾”了。在展望新的一年时，他说形势喜人又逼人，公司已经到了一个历史性的关口，时不我待，落后就要挨打，发展才是硬道理，要抓住机遇，锐意进取，开创出公司的新天地。说着说着他来了情绪，桌子一拍，当场就让公司下属各单位的头头站起来，汇报自己的单位准备在新的一年里取得什么样的业绩，简单点说吧，就是能完成多少利润。

那些下属单位的头头们慌慌张张地站起来，面面相觑。首先被点到的人支支吾吾，说不出来。周亚振来了气：“你的嘴被屎烫了吗，话都不会说了。”

“三十……三十……不，五十万。”

“五十万？这就是你的能耐吗，你他妈的给我坐下。”他指着另一个人，“你说。”

“三百万。”

“好，好。有气魄，我就喜欢这样敢说敢做的人，大家给他鼓掌，鼓掌。”

接下来被周亚振点到的人报的都是几百万。饭店里掌声雷动，夹杂着叫好声和起哄声。轮到公司里亏损最严重的玩具厂的厂长时，他喊道：“一千万。”

“好啊好啊，”周亚振笑得嘴都合不拢了，“我没有看错你，好好干，为全公司树立一个榜样。鼓掌鼓掌，他妈的，使劲给他鼓掌。”

会议结束，在庄严的国歌声中，大家排着队，依次走上主席台。周亚振已经站立在主席台前面了，桌上不知从哪里冒出了一大堆红包。每人走到周亚振面前站住，和周亚振握手，接受周亚振给的红包，向周亚振说一声谢谢。周亚振对有的人还拍拍肩膀，说两句亲切的话。

红包里的钱都是一样的数目，一百元。

因为拿了红包，因为酒菜丰盛，因为快过年了，结果那天有无数人喝醉。自然喽，喝醉了就忘掉了危险，不少人都挨了周亚振的揍。有人尝到了耳光，有人被踹翻在地，有人被酒杯盘子击中了头部，有妇女被吃了豆腐。

从我进入公司到离开，只被周亚振打骂过一次，这是非常少见的，公司里的人谁没有被周亚振骂过或打过多次——上自副总经理下至普通职员，甚至包括周亚振的情人鲁科长。我认为自己之所以受到如此礼遇，大概有两方面的原因，一是我的关系比较硬，我的表舅是省公安厅的宣传处处长（和周亚振是老同学），周亚振正是靠了我的表舅，才把亚龙公司挂靠到省公安厅的。这是周亚振非常看重的一件大事，他理所应当地要对我的表舅有所报答，也就是说要对我客气一些。第二个原因，是我这个人还是比较识趣的，从不给别人找麻烦——我没有利用过我表舅的关系向公司或周亚振提过任何要求，而且我对危险的嗅觉也很敏锐，每当周亚振喝醉了，或是觉察到他的情绪不佳，我总是离他远远的。即使他既没喝醉心情也好的时候，除了工作上的必要接触，我也尽量躲在他看不见的地方。我深知伴君如伴虎的道理。

但是，我最终还是没有能逃过一劫，这都怪我一时心软，才吃到了苦头。

前面说过，周亚振和鲁科长都是各自有家庭的，两人搞到一起后，就都不回家了，干脆在公司里同居了。也就是把会议室改成了他们的卧室，里面添了一张双人床和几个橱柜，反正他们也不在乎公司里的人说什么。当然公司里的人也不会说什么，老总搞个腐化算个屁事，哪个老总不搞。况且他们还不仅仅是搞个腐化，似乎也有点感情吧，否则怎么能这么大张旗鼓地同居呢。但是公司里的人虽然不会说什么，可是鲁科长的丈夫却不乐意了（周亚振的老婆倒还大度，没见有什么动静），几次三番地到公司来闹，后来还在一天晚上，带人来把周亚振给痛打了一顿，打得周亚振鼻青脸肿的。

自从周亚振被打之后，他和鲁科长就不在公司里住了，而是在外面的饭店里开房住，并且每个饭店都住不太长，就又换另一家饭店住。还有，他们住在哪家饭店是保密的，除了几个副总和我之外，公司里的人都不知道。这样做的目的，自然是怕鲁科长的那个莽丈夫找到他们的住处后，再去打周亚振。我之所以也知道周亚振和鲁科长住在哪里，是因为按规定我每天必须把录像带送到他们的住处，以前他们住在公司，我把录像带送到公司就行了，现在他们住饭店，我就要费点事把录像带送到饭店去。

我有周亚振和鲁科长所住饭店房门的钥匙，以备他们不在我可以自己进去，放下新录像带，拿走旧录像带，显然他们对我是很放心的，不担心我会偷他们的东西。有一次他们不在，我打开门，进到他们的房间。我在房间里东瞧瞧西看看，还走到卫生间门口朝里张望了一眼，发现抽水马桶旁边的地下，扔着一条血淋淋的女人内裤，这给我留下了极深的印象。

上班时，一看见鲁科长，我就联想到了那条血淋淋的女人内裤，这种对于鲁科长的不雅的联想始终伴随着我，使我对她产生了一种隐秘的亲切感，就仿佛她曾在我的面前赤身裸体过一样，就仿佛她曾是我的情人一样。顺便说一句，我对我的情人都是有感情的，肌肤相亲始终会给我留下美好的记忆。鲁科长三十多岁，身材苗条，长得算不上漂亮，但也不难看。她父母亲都是大学老师，她给人的感觉是很有教养，为人温和，一点也不张狂。按说她的情人是公司老板，谁都要忌惮她几分，可我从没看见她端过架子，或是训过谁，她跟谁说话都是轻声轻气的，也从不过问自己职权范围以外的事，能做到这一点并非易事。我认为她是一个很聪明的女人，起码比周亚振要聪明得多。但是，一个女人无论再怎么聪明，都还是有限的，无法超越现实的层面，这就是我们常常看见一个聪明女人与比自己差得多的男人搞在一起的原因——只要这个男人能在社会上获得成功。而照我的看法，能在社会上获得成功的男人，通常都是些蠢货（他们普遍对事物缺乏正常的判断，与人交往时丧失了起码的现实感。或许他们成功之前还不那么愚蠢，成功之后因为自我膨胀才变成了地道的蠢货）。

一天上午，我拿着两盘录像带来到饭店，走到周亚振和鲁科长的房间门口时，我看见门没有关紧，有一条缝，同时听到了里面传来的鲁科长的哭泣声和噼里啪啦的响声，我立刻明白是怎么一回事了：周亚振在打鲁科长。我早就听公司的人说起过周亚振打鲁科长这回事了，没想到这次让我给碰上了。本来，这时我唯一正确的做法——这一点我非常清楚——就是我毫不迟疑地转身就走，录像带等到中午或是下午周亚振和鲁科长不在的时候再送来就可以了，这样的话就什么事都不会发生了。可谁知道我是怎么想的呢（也许我是怕多跑一趟，想不管屋里发生了什么，放下录像带就走吧），我在门口犹豫了一会儿，鬼使神差地敲了敲门，然后就一头闯了进去。

这样就注定了我的倒霉。

屋里，周亚振正和鲁科长扭作一团，他一只手抓着鲁科长的头发，一只手在扇鲁科长的耳光，鲁科长则边哭边用两手极力护着自己的脸，即便如此，鲁科长的脸已被周亚振扇得通红，鼻子也在流血。此时此刻，看到鲁科长，一个柔弱的女人，被粗野的周亚振无情地痛打，你说我于心何忍，再说了，我既然已经进来，看到了这一切，转身退出去似乎也太不像话。我放下录像带，冲了过去，插身在周亚振和鲁科长之间，一边拉周亚振抓着鲁科长头发的手，一边劝解着："周总，周总，有话好好说、有话好好说，不要这样，周总，别打了别打了……"

在拉扯的过程中，我的头上也挨了周亚振两下子，这倒不算什么，可当我终于把两人拉开，并把他们分隔到一个安全距离之后，周亚振却突然对我咆哮起来："他妈的，你算什么东西，狗日的，给老子滚。"接着，他抓起放在沙发上的一个装满文件的公文包，朝我扔了过来，正好砸在我的头上。他的举动让我大吃一惊，甚至都忘掉了头上的疼痛，我愣住了，然后转身跑了出去。

第二天我就辞职不干了，我觉得自己受到了天大的侮辱。说实话，这事如果放到现在，我是不会这么干的，我是不会辞职的。而那时因为年轻气盛，对生活还缺乏正确的认识。

如今，我早已不生周亚振的气了，不仅不生他的气，还对他抱有几分同情和几分好感呢，毕竟我在他的手下度过了那么一段轻松愉快的时光啊。而且总体说来，他这人也还是很不错的，有点滑稽也有点可爱，有点愚蠢也有点仗义。要是把他和我所见过的其他的老板相比，他无疑是最有人情味儿的一个了，如果我可以选择，如果我又有这个权力的话，我宁愿天下的老板都像他，那样我们大家就都有一份轻松愉快的工作啦。

后来，当我从报纸上看到亚龙公司完蛋了，总经理周亚振因为经济问题被抓起来关进监狱之后，我还一直琢磨着去看看他呢，甚至连见到他后该说点什么都想好了。“周总，你还记得我吧，你过得好吗？希望你能愉快，我这里带了两瓶酒给你。”当然了，我也只是这么想想而已，一直没捞到机会去看他。他所在的监狱实在是太远了，在一个郊县的山区。我这人就是比较懒惰，没有办法。

认识赵宝康是在上个世纪八十年代末

认识赵宝康是在上个世纪八十年代末。确切的时间已经记不清了，只记得是在张超的老婆去世的时候。

我们几个朋友约好了一起去张超家吊唁。进了门，只见屋里坐了不少人，一个个都面无表情，张超也没说什么，只是很忧伤地冲我们点了点头。这时一个二十七八岁的男人过来招呼我们，让我们坐，给我们倒茶，俨然一副主人的模样。他长着高颧骨，三角眼，理着光头（但已长出了一些头发楂子），他的头型很不规整，两头小中间大，而且还这里凸一块那里凹一块的，像一个没长好的山芋。我们虽然和张超是老朋友了，但以前都没有见过这个男人，自然而然地以为他是张超家的什么亲戚，来帮着张超料理丧事的。一般人家办丧事，总会有一个比较能干的亲戚出面张罗的，这是常理。我们详细地询问张超他老婆具体是什么时间去世的，去世前的情景又是怎样，仿佛这对我们是多么重要的事情。张超老婆的相片已经加了黑框挂到了墙上，相片中的人面带一丝不易觉察的微笑，像是在饶有兴致地注视着我们这些家伙的拙劣表演。她得的是癌症，去世的时候刚过三十岁，这的确让人感到惋惜。

在我们和张超说话的时候，外面又陆陆续续来了一些人，那个刚才招呼我们的男人又去招呼他们，屋里人太多，连坐的地方都没有了，那个男人又麻利地把一些人安排到里屋的床上去坐，腾出椅子让另一些人坐。他还把张超拉到一边，低声商量着什么，张超点着头，说你看着办吧。我们又坐了一会儿，问了张超追悼会什么时候开，就离开了。

在火葬场开追悼会那天，我们又见到了那个男人，跑前跑后的，给大家发黑纱，租花圈，布置灵堂，收我们出的份子钱，忙得不亦乐乎。我们都觉得张超的这个亲戚挺能干的，虽说人长得确实有点古里古怪，尤其是那颗没长好的山芋脑袋，怎么看怎么不顺眼。

追悼会过后几天，我们去张超家看望他，没想到又碰上了那个山芋脑袋，而且看情形他就住在张超家里。这次张超给我们做了介绍："赵宝康，我的小学同学。"啊，原来他不是张超家的亲戚。那他为什么会如此热心地给张超家张罗丧事呢，一个小学同学有这个必要吗？或者他和张超还有什么别的关系，否则这事可是有点不太合乎常情了。但是，据张超以后对我们所说，他们除了是小学同学之外，的确什么关系也没有了。

张超小时候随父母亲下放洪泽，先是在农村，后来政策放宽，他们一家又进了县城，张超就是在县城读小学的时候和赵宝康成为同学的。两人一度还是同桌，关系也还算是不错，但也只是仅此而已了，并没有结下什么生死之交。顶多，也就是张超经常让赵宝康抄抄作业（赵宝康学习非常差，调皮捣蛋倒是一把好手），还有就是，赵宝康因为调皮捣蛋被他父亲揍得不敢回家的时候，到张超家睡过几夜。上中学时，张超就随落实了政策的父母亲回省城了。后来张超当了兵，从部队复员的时候，陪父亲回了一次洪泽的下放地，那次洪泽之行偶然又和赵宝康见了一面。这就是张超和赵宝康过去的全部交往了。

赵宝康的状况是这样的，他父亲是洪泽县工业局的局长，在一个县里也算是不小的官了，有一点势力，赵宝康中学毕业后，父亲把他安排进了县里最好的无线电厂当工人，然后赵宝康又结了婚，有了一个女儿。可是忽然之间，赵宝康不安于在小县城里过寻常日子了，辞了职，别了家，只身跑到省城来闯荡。事先他连个招呼都没打，就这么直截了当地摸到了张超家，恰好赶上张超的老婆去世，赵宝康不容分说，立刻反客为主，自说自话地给张超家张罗起丧事来了。

这还不算，办完丧事后，赵宝康大约觉得自己劳苦功高，顺理成章地在张超家住下了。他还自己动手，腾空了张超家五斗橱的两个抽屉，专门放他自己的东西，一副终于回到了家的模样，从此便在张超家长住了下来。

我们不知道张超是怎么能够容忍赵宝康的，反正很少听他抱怨过。我们猜想，一是张超这人生性邋遢，不拘小节，大概也没有觉得赵宝康太讨厌。二是张超心地善良，拉不下脸来，拿赵宝康也没什么办法。三是张超可能因为老婆刚去世，感到孤独寂寞，多个人在家里住着也热闹一点。另外，张超肯定也并没有把赵宝康当成什么贵客一般伺候着（否则他早就吃不消了）。比如有一次，张超不知吃什么东西吃坏了肚子，拉稀，大概是他抑制力比较差的缘故吧，当他想要拉的时候，总是来不及跑到厕所，就要拉上一点在裤子上。然后张超就躺在床上，有气无力地喊赵宝康："宝康，宝康。"

赵宝康过来了："什么事？"

"你帮我个忙好吗？"

"咱俩还有什么好客气的，要我帮什么忙你就说嘛。"

"你帮我把厕所里的几条裤头洗洗吧。"

"好的。"

赵宝康到了厕所，拎起裤头来才发现气味不对。这事是赵宝康和我们搞熟以后，对我们说的。"操，"他说，"每条裤头上面都糊满了稀屎。"

要说赵宝康这人也确实有股子泼辣劲儿，不但能洗别人的屎裤子，生活中也是一点讲究都没有。睡就睡在张超家的长沙发上，一条被子就行了。吃嘛，是有什么吃什么，没做饭的话，有块烧饼也能顶一顿了。张超家里多个他，也就跟多条狗差不了太多。唯一和狗决然不同的就是，他还喝酒。

赵宝康喝酒与别人不一样，完全是烂喝，他随时随地，不分场合，不分时间，什么时候想起来了什么时候就喝。他一般喝的是白酒，不用下酒菜，就那么抓着酒瓶子一口一口往嘴里灌。喝多了，废话连篇，再要多，如果醉了，他就哭，一把鼻涕一把泪的。你想，像他那么一个长相古里古怪的老爷们儿，却仿佛受了委屈的小姑娘一般地在那里哭哭啼啼，实在是滑稽可笑。而且他一旦哭开了，怎么劝都不行，越劝哭得越凶，最后会放声号啕，像死了爹娘似的。张超说过他几次，他就不太在张超家里喝多了（但喝还是要喝的），不过有时他会跑到外面去喝。街边或者是墙角，随便找个地方一坐，就喝开了。然后摇摇晃晃，眼睛哭得红红地回到张超家。

赵宝康在张超家前前后后住了一年多，这期间，他从没有干过任何一份工作，也从没有试图去找过一份工作。那他不工作都干了些什么呢？没有人知道。有时候他会从张超家消失一段时间，短则几天，长则一两个月，然后突然就又回来了，就像游子回家一样。有一次他在消失了挺长一段时间回来后，人变得又黑又瘦，浑身散发着臭气，但怀里却抱着足有半米多高的一大瓶香槟酒。他对张超说，他一个人骑自行车去北京玩了一趟，这瓶香槟酒是他专门从北京买了带来给张超的，一路上他用几件衣服把香槟酒包起来捆在自行车的书包架上，虽然摔了好几跤："可是你瞧，酒瓶一点都没有摔坏。"

还有一次，赵宝康在消失了十几天后回来了，对张超说他回了一趟洪泽的家，和老婆办了离婚手续，同时和父母亲也断绝了关系（他父母亲不认他了），以后他就彻底无牵无挂了。这次他回来身上背了一个很大的地质包。

"猜猜看，"赵宝康说，"我给你带来了什么？"

张超看了一眼他带来的地质包："带来了什么？"

"一条狗。"赵宝康得意扬扬地说道。

"一条狗？"张超感到不解，"什么狗？"

“死狗呀，带来给你吃的。”

“你从哪儿弄来一条死狗的？”

赵宝康告诉张超，他临离开洪泽的前一天，闲着没事在县城的街上瞎逛，看见街边一条无主的草狗在找东西吃。他就摸出一块面包把这条狗给唤了过来，然后他用两条腿夹住狗身子，两手抓住狗头用劲一拧，狗就完蛋了，一点都没费事。“把你的朋友们也叫来吃吧，狗肉大补。”

我们接到张超的电话，一起兴致勃勃地赶到他家来吃狗肉。一个人把地质包拎到厨房（赵宝康跟在后面说：“等我来剥狗皮，这个我拿手。”），打开包，顿时叫了起来：“狗已经臭了。”

我们常去张超家玩，自然和赵宝康也搞熟了。他对我们是熟不拘礼，见面后跟谁都不伦不类地瞎开玩笑。“你气色这么好，一定是发财了吧。”“你最近怎么瘦了，是纵欲过度了吧，要注意身体哦。”而且他对我们每个人都提出了相同的要求：“什么时候去府上拜访，欢迎吗？”当然，没有谁欢迎他“去府上拜访”，都不接他的话，但他也不感到尴尬，下回见你，他会说：“对了，上次说去你府上拜访的，一直忘了去，不好意思，不好意思。”

有一次他不知怎么听说朱强家在物资局宿舍，星期天竟然一个人摸了去，在物资局宿舍到处打听朱强家住在哪里。找到朱强家后，就死乞白赖地纠缠着朱强跟他下象棋，一下就是一天，该吃饭了就吃，吃完了拉着朱强继续下棋，还掏出十块钱递给朱强的老婆，说：“嫂子，去，给我买瓶酒来。”把朱强的老婆气得要命，扭头带着孩子就回了娘家。到了深更半夜，赵宝康还没有要走的意思，朱强的老婆带着孩子回来了，见他们还在下棋，就开始摔锅打盆，逮着孩子乱骂。赵宝康一看不对路，这才恋恋不舍地走了。

我也被赵宝康纠缠过。有天晚上，我们一帮朋友在酒吧喝酒聊天，张超带着赵宝康也来了，这是极少见的，一般张超出来玩从不带赵宝康。赵宝康很兴奋，喝了无数啤酒，好在他酒量大，没有喝醉，只是说了不少胡话，还硬要和邻桌的陌生人干杯，吓得人家直躲。我们一直玩到很晚，其间张超因为疲倦先走了，临走前他让赵宝康跟他一起走，赵宝康不肯，说要再玩一会儿，并一再保证自己不会喝醉的。张超当着大家的面也不好太勉强他，就一个人先走了。后来散的时候，因为赵宝康和我住一个方向，我们俩就上了同一辆出租车。上车后，赵宝康就说他不想去张超家了，我问他不想去张超家想去哪儿呢，他说："去你家吧，咱们再买几瓶啤酒，继续喝。"

我一听就慌了："不行不行，我家不方便。"

"你家怎么不方便呢？"

"嗯……嗯，是这样的，我那儿有个女的。"我扯了个谎。

"那咱们再找家酒吧去喝酒。"

"我已经喝多了，不能再喝了。"

赵宝康不吭声了，我劝他："你还是回张超家吧，今天太晚了，改天咱们再找机会喝酒。"

"我今天就是不想回张超家。"他似乎上来了牛脾气。

"那你想去哪儿呢，总要有个地方去呀。"

“我想去上海。”

“你去上海干什么？”我有点吃惊。

“我有个亲戚在上海，我想去他那儿住一段时间。”

“明天不能去吗？”

“我现在就想去。”

“可你没有行李啊？”

“我出门从来不带行李。”

看他那样子不像是说着玩的，我琢磨着只要能把他甩掉，管他去哪儿呢，哪怕是去地狱。我说：“好，那我送你去火车站。”我让司机掉头，往火车站开。

到了火车站，我们下了车，朝售票处走。他说：“我身上一分钱都没有。”

这我是有思想准备的。我虽然也心疼钱，但只要能把他甩掉，花多少钱我也在所不惜。我说：“我给你买票。”在售票处买好票，我看了一下票上的时间，是凌晨五点的，还要等好几个小时呢。我把票和十块钱递给赵宝康（到上海五个多小时，十块钱够他路上零花的了），他接过票和钱，连句客气话也没说一声，只是贼眉鼠眼地四处看了看，接着脱掉一只鞋子，小心翼翼地把票和钱塞进鞋里，然后再把鞋子穿上。

“现在小偷太多，”他对我解释着，“你以后也学我，出门的时候，把钱和车票藏在鞋里。”

我心想就他那么一副长相，谁还敢偷他，防他还来不及呢。

我们朝候车厅走去，我打算把他送到候车厅后就和他告辞。进了候车厅，还没等我和他告辞呢，他先开了口：“我有点饿了，咱们吃点东西去吧。”

我想反正票已经买了，他是肯定要走的，我也用不着太紧张了，去吃点东西就吃点东西吧。我同意了。我们出了候车厅，正好看见一个穿着铁路制服的姑娘从我们面前经过，赵宝康喊住了她：“喂，小姐，哪里有餐厅？”那姑娘说二楼就有，还详细地告诉我们上楼后该怎么走怎么走。“小姐，”赵宝康冷不丁地说道，“这样吧，你带我们去，我们给你钱。”

那姑娘一听赵宝康的话，突然变了脸，厉声质问赵宝康：“你拿我当什么人了，嗯，你拿我当什么人了？”

“怎么啦，”赵宝康说，“给你钱让你带路，你不愿意带就算了嘛。”

“你以为你有钱啊，”那姑娘叫了起来，“你以为你有钱就什么都能买到啊，看你那样子就不像个好东西。”

我在一边虽然觉得赵宝康的话有点不上路子（大概因为听多了他的这种不上路子的话，我也没什么特别的感觉），但那姑娘的反应也太过分了。“你这样就不对了，”我跟那姑娘说，“他也没什么别的意思嘛，你怎么能开口骂人呢。”

“就骂他，”那姑娘转向了我，“就骂他又怎么样，流氓。”

我也提高了嗓门：“他干什么了，就成了流氓？那你这样开口就骂人又算什么呢，还没有见过像你这么凶的，太泼了。”

“你才泼呢，你和他一样是个流氓，也不看看这是什么地方，跑这儿来耍无赖……”

“我们耍什么无赖了，碰你了还是骂你了……”

“你还想碰我啊，碰碰看哪，你敢！”

“谁他妈的想碰你了，你在想好事吧。”

我们的吵嚷招来了一些围观的旅客，一会儿又从行李检查处跑来了两个穿着铁路制服的小伙子。“干什么，干什么，”其中一个小伙子凶巴巴地对我喊道，“你们想干什么。”

本来我这人一贯温和，从来不爱惹事，可这时因为喝过酒的缘故，更主要的是有赵宝康在身边（他长着那么一副模样，估计打起架来肯定是把好手），也变得勇猛了起来。“我们不想干什么。”我强硬地回答道。

“不想干什么就走开。”那个小伙子作势要推我。

“你别动手。”我指着那个小伙子。

“动手又怎么样。”他站到我的面前。

“有话好说，有话好说。”就在这时，赵宝康忽然满脸堆笑，插身到我和那个小伙子之间，还一个劲儿地冲那个小伙子点头哈腰，简直就像个舞台上的小丑，或是老电影里的汉奸。他又从口袋里掏出烟来，抽出一支硬要塞给人家。“误会了，误会了，完全是误会了。一点小事……我们马上走，马上走。”

接着他不容分说，拉着我就走开了。我们来到二楼餐厅，在一张空桌子旁坐下了，要了点小吃。“你这人也真是的，”他倒教训开了我，“火气那么大，跟他们这种人有什么好计较的。”我没有理他。这家伙也太让我失望了。虽说本来也没对他报什么希望，可既然他长了那么一颗奇形怪状的脑袋，那么一副土匪一般的模样，可结果却连打个架的胆量也没有，真是个地道的废物。

吃完小吃，我买了单，赵宝康悠闲自得地抽起烟来，好像已经把刚才的事情全忘了。“时间还早啊，”他说，“咱俩到外边找个旅馆，开间房睡几个小时怎么样？”

“开房间不要钱啊，”我没好气地冲他，“我身上没钱了，你有钱吗？”

“瞧你说的，我哪儿有钱啊。”

“没钱开个屁房间，你就老实在这儿歇着吧，我要回家睡觉去了。”

我走后，赵宝康把我给他买的火车票退了，钱自然归了他，接着他就回张超家睡觉去了。

九一年，张超去了深圳办公司。起初赵宝康没有跟着去，留下来继续混，那时我们已经见不到他了，而且我们也都不想见到他，生怕一个不留神被他黏上了甩不掉。有关赵宝康那段时间的生活，我们偶然从一个在某文学杂志社里当编辑的朋友那儿听说了一些。

赵宝康不知道怎么认识了社会上的几个文学青年（其中一个文学青年恰好也认识我们的那个编辑朋友），那几个文学青年正巧那时准备自费办一份诗刊。而办诗刊是有很多具体工作要干的，比如向本地和外地的一些文学青年约稿，稿子来了还要整理、校对，接着要联系印刷厂，大印刷厂还不行，人家一是要单位介绍信，二是不接这种小生意，结果就要跟乡镇办的小印刷厂联系。所有这些琐事，那几个文学青年谁都嫌麻烦，不太愿意干，赵宝康知道后，马上自告奋勇地揽下了这个活儿。那几个文学青年每人出了一笔钱交给赵宝康，作为编诗刊的经费。赵宝康嘛，自然也就没太客气，挤出了一部分钱做自己的糊口之资，这样就够他过上一阵子了，剩下的钱他联系了一家最便宜的小印刷厂，并且把原定印的几千册，擅自压缩成了几百册。与此同时，他还通过向本地的文学青年约稿，认识了一个患癫痫病的文学女青年，他看上了她，向她展开了凶猛的爱情攻势。那个文学女青年呢，一来自身的条件也不是太好，二来看赵宝康疯疯癫癫的，也有点天才的味道（谁都知道，天才都有点疯疯癫癫的），就半推半就地和赵宝康有了点恋爱的意思。这下不得了了，在爱情的驱使下，赵宝康竟然也开始写起诗来了！他每天都要写无数的爱情诗给那个文学女青年，还在喝醉酒以后，不分白天黑夜地去纠缠她。结果没用多长时间，就把那个文学女青年的癫痫病折腾发了好几次。她的父母大怒，一方面把女儿送去了住院（住哪家医院是保密的，以防赵宝康找来），另一方面威胁赵宝康，他要是再敢和他们的女儿来往的话，非把他的狗腿打断不可。就这样，一段美好的爱情无疾而终了。

诗刊印出来了，那几个文学青年一看之下，差点给气疯了。里边有一大半是赵宝康自己的诗（几乎都是爱情诗，并且都是题献给亲爱的某某的），有一小半是那个患癫痫病的文学女青年的诗，只是在最后两页上，才有那几个出钱的文学青年以及三两个别的什么人的诗。

况且，赵宝康的诗，那能叫诗吗？只是把一堆胡言乱语，按一句话一行或半句话一行，竖着排列了下来。有一首诗是这样写的：

我爱你
我
爱
你
我
爱
你
我爱
你
我
爱你
我
爱
你

他们去找赵宝康，可赵宝康早已不见了踪影。

后来，赵宝康大概是实在混不下去了，又跑到深圳去找张超。以后，有关赵宝康的消息，我们都是在张超偶尔回来省亲的时候，从他嘴里听说的。这时候张超的公司已经越办越红火了，养赵宝康这么一个闲人也不在话下。赵宝康依旧像从前一样，什么事也不干，成天喝酒，东游西逛。但是让张超越来越不能容忍的是，身为公司老板的他，竟然常常被赵宝康搞得颜面尽失，下不了台。赵宝康喝多了酒，当着张超手下员工的面，在张超的办公室里又是脱袜子又是打赤膊，还对公司员工说："你们别给张超那么卖命地干，他是在剥削你们哪。"有时候他喝得醉醺醺的，在公司里乱转，到处找人陪他说话，叫人没法工作。张超气极了，曾给他路费让他立刻走。赵宝康接过张超给他的钱，从里边抽出一张十块的，说："这不他妈的就是钱嘛，有什么了不起的。"说着他拿出打火机把这张钱点燃，然后又叼起一支烟，用这张点燃的钱去点烟。

张超结婚的时候（他在深圳又谈了一个女朋友），赵宝康在婚礼酒席上又喝醉了，他放声大哭，一边哭一边说："你们都有家了，你们都有家了，就只剩下了我一个人，孤苦伶仃，没人管我了，没人管我了啊……"哭得大家面面相觑，这时，一个张超在部队里当兵时最要好的战友（他叫丁大伟，专程从北京赶到深圳来参加张超婚礼的），实在看不下去了，抬手就扇了赵宝康一耳光。这丁大伟天生神力，在部队当的又是侦察兵，擒拿格斗样样会，这一耳光下去，就把赵宝康的一只耳朵给扇聋了。

参加完张超的婚礼，丁大伟要走了，他对张超说，赵宝康的耳朵被我扇聋了，也算是残废了，他在这里也是个累赘，你让我把他带走吧，以后我来负责这小子的生活。张超当然求之不得。这样，赵宝康就跟着丁大伟去了北京。

丁大伟在北京也办了家公司，赵宝康就住在公司里，照样不干任何事，丁大伟也不要求他干任何事。丁大伟给他的待遇是，有饭吃，有酒喝，别的就没有了。平时，丁大伟对赵宝康是好便骂，不好便打。比如说，喝醉了要打，胡说八道要打，上班进办公室要打，不讲卫生要打，对公司女员工贼眉鼠眼要打，到处乱跑要打。哪怕什么事也没有，仅仅因为丁大伟心情不好了，也要打赵宝康一顿。总之，丁大伟是隔三岔五地就要打赵宝康。可怜赵宝康一个堂堂五尺男儿，成了丁大伟的一个肉沙包。赵宝康实在受不了了，逃跑过一次，可因为身上没钱，跑不了多远，被丁大伟手下的人在通县逮到了，嗬，那顿好打，三天没起来床。又让赵宝康立下毒誓，再不跑了，如果再跑，被逮回来的话，就要对他不客气了（天哪，什么时候对他客气过啊）。那以后赵宝康再没有跑过了，渐渐地他似乎也适应了这种有吃有喝有人打的生活，日子过得也有些怡然自得了。白天，他一个人到街上或是公园里去逛逛，到了吃饭的时候就自动回来了，如果看到饭桌上没酒，他就去找丁大伟要几块钱，买一瓶最便宜的白酒来（找头是要如实还给丁大伟的），自己喝。晚上是不准离开公司的，他在公司值班人员的房间里看看电视，然后就钻进楼梯拐角自己那间没窗户的小屋里睡觉去了。要是丁大伟叫他到办公室去，他就知道要挨打了，也没什么可啰唆的，一副可怜相，乖乖地去让丁大伟打。丁大伟也嗜酒（所以他才大度地允许赵宝康喝酒，在这一点上他还是理解赵宝康的），顿顿要喝，如果他喝醉了——这种时候虽然不多，那赵宝康可就倒霉了，非被打得鼻青脸肿不可。

丁大伟在给张超的信中说，他现在对赵宝康已经完全习惯了，甚至还挺依赖他呢，如果隔上一阵子不打他一顿，浑身都有点不太舒服。我们分析，丁大伟这人大概天生就有很强的暴力倾向，正好碰上了赵宝康这么一个天生欠揍的，两人虽不能说是一拍即合，但也成了一对挺不错的搭档。

再往后，我们就没有听到什么赵宝康的消息了，逐渐地也就把他忘记了。

好些年过去了。去年秋天，我应北京的一个导演之邀，去北京写一部有关都市白领的电视连续剧。我住在什刹海旁边的一座旧王府改成的招待所里。剧本要得很急，我整天待在招待所里拼命写，尽管是第一次来北京，可也抽不出时间到处玩玩。

一天临近黄昏，我写得实在是昏头涨脑了，就出了招待所，到外面去转转。我沿着什刹海边上的小路信步朝前逛着。天已经开始凉了，地上落满了红黄的枯树叶。一个老头坐在水边低矮的水泥栏杆上，面前是个小摊子，他用地道的老北京话吆喝着："瓜子儿花生核桃仁儿。"声音起伏悠扬，透露着股空旷劲儿。

小路上人不多，远处拱桥上车来人往，倒是挺热闹。偶尔一辆脚踏黄包车从我身边经过，车夫一身旧式打扮，黄色对襟衫，扎着裤角的黑色灯笼裤，脚穿老头鞋，头上还有一顶瓜皮帽（这是一种旅游项目，让游客坐在这样的黄包车上，体验一下旧时北京的风情）。坐车人二郎腿跷得多高，大约感觉自己是个老爷了。前方路边一块空地上，有石桌石凳，几个老头老太围坐在石桌边打麻将，一旁还站着个中年汉子在看。我走到近前，猛然觉得那中年汉子挺眼熟，再一看那颗没长好的山芋脑袋，一下子想起来了，赵宝康。他依旧理着光头，人倒并不显老，只是长胖了，眼睛更小了，脸上皮肉松弛，呈一种不健康的酱红色，一看就是个满脸晦气的家伙。他两手在胸前捧着个大玻璃杯，里面泡着半杯茶叶。听到脚步声，他朝我看了一眼，我们俩目光相接，我心里一惊。他神情木讷，眼睛里布满了血丝，我不能肯定他认出了我，但出于自我保护的本能，我并没有停住脚步，只是冷漠地冲他点了点头。他也机械地冲我点了点头。然后我就走过去了。

我越走越快，生怕他在后面喊住我，直到走出去老远，我才松了一口气，放慢了脚步。想想也有点滑稽，两人多年没见，偶然在异地他乡碰上了，却像是天天见面的老邻居一样，随随便便点个头就过去了。

春节回家

春节回家，见到父亲，我心里总有点不太舒服。

父亲和母亲都早已经离休了，住在部队的干休所里（父亲是个军人）。母亲倒还好，每天买菜做饭，忙忙家务，闲了看看电视，要不找邻居的大妈大婶唠唠家常，日子过得还蛮充实。父亲就不行了，整天什么事也没有，吃过饭了，就像只瘟鸡似的歪坐在沙发上，一只手撑着下巴，眼睛半开半闭，也不知道是在睡觉呢，还是在想心思（他能有什么心思可想）。顶多，晚饭后到楼下的院子里走一圈，十几二十几分钟吧，然后回到家里，洗一洗，坐到母亲身边的沙发上陪她看电视。父亲眼睛不好，电视画面看不太清楚，再加上他对母亲看的那些电视剧不感兴趣（他总是弄不太清里面的情节和人物之间的关系），看着看着，他就在母亲的身边打起了呼噜。

在这种无所事事的生活中，父亲迅速衰老，身体也越来越不行了，高血压、冠心病、白内障，听力也下降得厉害，跟他说一句话，他时常是啊啊啊的表示听不清楚。我跟母亲商量，父亲这样下去不行啊，应该让他有点事干才好。母亲说，老干部活动室里，打牌的下棋的什么都有，你爸就是不去，还有，这个院里的老干部有不少都在学写毛笔字，学画国画，你爸也不愿意学，我能有什么办法。是啊，母亲也确实没什么办法，父亲都到了这把年纪，再要想改变他是不太可能了。

但我总希望父亲的生活不要这么沉闷，应该有点小乐子，那无论对于他的精神状态还是他的身体，肯定都会大有好处的。

年三十晚上，父亲一时兴起，在征得了母亲的同意之后，陪我喝了一点酒（以往都是我一个人喝，父母亲喝可乐）。喝了酒的父亲，显得颇为兴奋，跟我说了不少话，回忆了一些旧人旧事，还不时伴以笑声。我对父亲说的那些人和事，早已耳熟能详了，但我仍然兴致勃勃地听着，间或提出一两个问题，鼓励父亲继续说下去。整个晚上，父亲的情绪都很好，跟我说完话后，又看了挺长时间的春节联欢晚会，在母亲的一再催促下，父亲才乐呵呵地上床睡觉了。

第二天，我找机会和母亲进行了一次认真的交谈，我对母亲说，应该让父亲每顿饭都喝上一点酒，那会活跃父亲的情绪，增加父亲生活的乐趣，对父亲无疑是极其有益的。母亲起初不同意，说父亲的高血压和冠心病都不能喝酒，会加重病情，我说会加重病情的是父亲那死气沉沉的精神状态。我说，你看我爸每天坐在沙发上的那个样子，不吭不哈地一坐几个小时，让人看着都难受，一个健康人这么坐下去也要坐成一个病人的。再说了，报纸上也多次介绍，少喝一点酒对人是没有害处的，舒筋活血，特别是葡萄酒，含有多种氨基酸，对身体尤其是对心脏都是有好处的。法国人据说心脏病的发病率是全世界最低的，为什么呢，就是因为他们葡萄酒喝得多。报纸的权威性对母亲是很有说服力的，母亲犹豫了一下又说，万一你爸喝酒上瘾了怎么办，我说爸都这把年纪了，还有多少年可活呢，就是上了酒瘾又能怎么样？重要的不是上不上酒瘾，重要的是应该有个愉快的生活。

母亲终于被我说服了，同意每顿饭让父亲少喝一点葡萄酒，对此父亲当然也没什么意见。父亲年轻的时候是爱喝上两口酒的，我听父亲说过，当年他打小日本和国民党的时候，要是情况许可，他会先灌上半斤用山芋秆酿的那种劣质白酒，然后上战场猛冲猛打。父亲在战争年代三次负伤，多次因作战勇敢而受到嘉奖。以后父亲因母亲的反对以及身体方面的原因（父亲得过一次肝炎），才极少喝酒了。

这样，父亲开始每顿饭都喝上一两杯葡萄酒了，整个春节期间都是如此，照我看来，父亲的精神状态有了很大的改观。至少在吃饭的时候，父亲总是有说有笑。我对母亲说，你看，爸现在跟以前就是不太一样了吧，以后记住了，顿顿饭都让他喝上一点。

春节过完我就走了。

一天，我接到了母亲打来的长途电话，说父亲出事了，因为喝酒。

干休所组织老干部到浙江的一个古镇旅游，晚上在饭店吃饭时，父亲多喝了两杯酒，起身上厕所的时候，身子不稳，被饭店的舞台绊了一跤。头磕在了一个花盆上，额角被磕开了一个大口子，流了不少血。父亲被送到医院后，额角缝了十几针，又做了CT，颅内没发现问题，当时母亲还以为没事了，谁想到二十几天后，也就是昨天，父亲的两腿突然不能动了，送到医院一检查，原来是脑血管破裂，颅内已经积了不少血，然后积血压迫神经，使得两腿不能动了。现在情况非常不好，需要尽快动手术，而且考虑到父亲的身体状况，手术的危险性很大。

我接到母亲的电话后，立刻坐上火车往回赶。

我到达父亲所住的医院已是傍晚，母亲，还有从天津赶来的姐姐坐在父亲的床头，父亲睁着两眼躺在病床上，头部垫得很高，母亲对父亲说，儿子回来了，你看看，父亲毫无反应，他两眼混浊，直愣愣地看着前方。我把脸凑到父亲的眼前，他对我依然视而不见，父亲的样子让我大吃一惊。母亲难过地说，他已经认不出你了，他现在谁也不认识了。姐姐向我介绍情况，其实父亲那一跤已经把脑血管摔破裂了，只是当时检查不出来，以后破裂的脑血管慢慢渗血，终于导致颅内积血压迫神经，现在病情日益恶化，不但两条腿不能动了，身体也半瘫痪了，意识也模糊了，一到医院病危通知书就发下来了。手术定在明天上午，具体的做法是在头上钻几个洞，把颅内的积血排出来。

当天晚上，母亲和姐姐回家去了，留下我一人陪夜。我在父亲的床边坐了整宿，父亲一会儿昏睡，一会儿睁着混浊的两眼动来动去，问他话他从不回答，只能猜测他想要干什么，有时是要小便，有时什么也不干，动上一会儿又闭上了眼睛。偶尔，昏睡中的父亲嘴里含混不清地嘟囔着，不知说些什么。我凝视着父亲，觉得父亲好像突然间变得陌生了，让我一时很难适应。

早上，母亲和姐姐来了，我到医院外边吃了点东西。护士拿来了病号穿的白衣白裤，我和母亲给父亲换上了，然后一辆推车来了，父亲被推进了手术室。我和母亲还有姐姐，坐在手术室外边走廊的长椅上等待，母亲眼睛红红的，不停地对我和姐姐说，父亲这一辈子吃了多少苦，从没有享过什么福，像是在给父亲的一生做总结，我们都明白母亲的意思，母亲已经做好了最坏的思想准备，手术台上的父亲确实什么情况都可能发生。姐姐安慰着母亲，我则起身到走廊拐角的水池去抽烟。

手术做了将近三个小时，父亲被推出手术室的时候，闭着眼睛，头上缠着绷带，几根塑料管子从绷带里伸出来，连接在头边的塑料袋子上。旁边的护士手上高举吊瓶，一个脖子上挂着听诊器的医生对母亲焦急的询问只回答了一句“还好”，就什么也不说了。父亲被推进了脑科病区的重症监护室，母亲也想跟进去看看，结果被挡在了门外。几分钟后，那个脖子上挂着听诊器的医生出来了，对母亲说，手术是成功的，但因为父亲的身体状况很差，所以目前什么都还很难说，要观察一段时间再看，现在你们可以回家了，但必须留下一个人在这里，以便有什么情况好随时通知你们。

医生走后，姐姐又去找病区医生了解情况，一会儿她回来后对我和母亲说，父亲要在重症监护室里住一些天，等病情稳定了才能出来，接着我们商议了一下，决定我留下来住在医院，母亲和姐姐回家。母亲又一再嘱咐我，要我千万别乱跑，怕父亲有什么情况找不到人。

我住在父亲的病房里，睡父亲的那张病床，吃父亲的病号饭，仿佛我也成了一个病人，在医院里安顿了下来。姐姐当天给我送来了漱洗用品和几本杂志。同病房里还有一个老头，他已经动过手术了，头上缠着绷带，整天像段木桩似的躺在床上不吭不哈也不动，他的老伴在一边陪护着他。那是个身材高大的老太太，腰板笔直，阔脸浓眉，神情凝重。

白天，我无事可干，看看杂志，在走廊溜达溜达，要不躺在床上养神。傍晚跟母亲通个电话，告诉她没什么情况，好让她放心。病房晚上九点钟熄灯，我不习惯这么早睡觉，就到安全通道去抽烟，从打开的窗子观赏夜景。虽然时间还早，可走廊上除了偶尔一个护士走过之外，不见一个人影，四处静悄悄的。

一会儿，一个上身穿着暗红色运动衫，瘦瘦的小伙子推开走廊尽头的门，也到安全通道来抽烟。他留着胡子，头发很长，背靠在墙上，一脸疲惫。我看了看他，等他抽完一支烟后，我走到他旁边，又递给他一支烟。他客气了一下，就接过去抽了。我们聊了起来。我本来以为他也是病人家属，可没想到他却是病人家属雇来的护工。他护理的是一个重病人，躺在床上昏迷不醒，需要全天二十四小时不间断护理：每隔上一会儿要给病人吸痰，输液瓶子空了要去通知护士来换。

我问他："你说的二十四小时不间断护理是什么意思，你不睡觉吗？"

他说："我不睡觉。"

"你怎么可能不睡觉？"

"我不能睡。"

“你不能睡？人怎么可能不睡觉呢？”

“习惯了就好了。”

“那你吃得消吗？”

“还行，抽空出来抽抽烟，有时也闭几分钟眼睛，打个盹。”

“你护理这个病人多长时间了？”

“大半个月了。”

“这样不行啊，人老是不睡觉身体要垮掉的。”

他咧开嘴笑笑：“没有办法，干的就是这个活儿。”

停了停，我又问他：“你这么干，能挣多少钱？”

“这里的护工都是一个价，按小时算，一个小时一块钱。我是二十四小时护理，一天挣二十四块钱。”

天哪，他这么不睡觉地干，竟然一天只挣二十四块钱！我简直难以置信：“这也太少了。”

“比在家种田好多了。”

我又询问他的家庭情况，他告诉我，他是安徽人，已经结婚了，是和老婆一起从家乡出来的，家乡还有一个三岁的孩子，他老婆在另一家医院当护工。他们为了省钱，没有租房子，他和老婆就待在各自干活儿的医院里，平常难得见上一面。

他走后，我又在安全过道里抽了两支烟，想着这个小伙子的艰难处境，想着这些进城来打工的农民活得可真是不容易。

回到病房，那个头上缠着绷带的老头发出轻微的鼾声，那个身材高大的老太太无声无息地睡在旁边的一张折叠床上。我轻手轻脚地铺好被子，就上了床。换了新地方睡觉，很不踏实，加上那个老头发出的轻微鼾声，也让我难以适应。我先是翻来覆去地睡不着，好不容易迷迷糊糊睡着了，片刻工夫又醒了。忽然，借着外边走廊照进屋里的微弱光线，我看见那个身材高大的老太太正盘腿坐在折叠床上。她闭着眼，嘴唇在动着，但没有发出任何声音。我搞不清她在干什么，看了她很久，直到我睡着，她始终都是这副样子。

早晨，我问她："大妈，夜里我看见你坐在床上，在干吗呢？"

"我在念经，"老太太回答，"我是信佛的。"

"为什么要夜里念呢？"

“夜里安静。”

哦，这是个有信仰的老太太，我对她产生了几分好奇。她的举止缓慢，加上身材高大，给人一种庄严感。她大多数时间就是坐在她老伴旁边的一把椅子上，什么也不干，目光平静地看着她的老伴，看着我在病房里进进出出。她出去打开水的时候，总会把我的水瓶带上，对我的感谢，她只是轻轻地摇摇手，报以微笑。她不爱说话，无论是对我还是对查房的医生（当医生对她说她老伴的病情的时候，她就神情凝重地点点头），仿佛对这个世界她已经没有多少兴趣，也不想再说什么了。

到第四天，开始允许探视父亲了，时间是上午的九点到九点半。母亲和姐姐从家里带来了鸡汤，我们一起进到重症监护室里看父亲。父亲挂着水，头上缠着绷带，从绷带里伸出四根塑料管子，管子连接的塑料袋里有不少血水。旁边的桌上还放着一台仪器。父亲的气色还好，神智也清楚了，对我和姐姐说，噢，你们也来了。姐姐把鸡汤倒在碗里，用吸管喂父亲喝，母亲让我打来一盆热水，她给父亲擦了擦身子。

探视结束，母亲和姐姐找医生了解了一下父亲的情况，就离开了。下午，我正躺在病床上发呆，听见外边传来了吵闹声，我赶紧跑出去看。走廊中间的护士站那里有不少人，几个神情激动的男女正和医生护士大声说着什么。我过去问旁边看热闹的人是怎么回事，别人告诉我，一个小伙子死了，现在家属说是医院的责任，不让拖尸。那边，靠着重症监护室的一扇房门打开了，一男一女搀着一个中年男人走了出来，那中年男人到了走廊上就挣脱开了搀扶他的人，不顾一切地躺到地下哭喊了起来，还用拳头砸着地。看热闹的人一起拥了过去，我也夹在其中，趁着周围乱哄哄的，我挤进了刚才打开的那扇门。里面有很多人，有穿白大褂的，有不穿白大褂的，有人在说话，有人在哭，我看到在里面的一张推车上，一个身上盖着白被单的小伙子躺在上面，他的脸上暗淡无光，毫无血色，苍白得像一张纸，这就是那个死人了。我想再走近去看看，被一个穿白大褂的人给赶了出来。

“听说这小伙子还是大学生呢，”一个看热闹的人说，“可惜了。”

“他是怎么死的？”另一个人问。

“脑癌。”第一个人回答，“从手术室出来就不行了。”

母亲和姐姐再来探视父亲时，我告诉她们今天这里死了一个人，是个小伙子，母亲叹了口气，眼睛有点红了，大概是联想到了父亲。姐姐赶紧岔开话题，问我住在医院里感不感到无聊，要不要她来替换我。我当然非常无聊，巴不得有人来替换我，但是我觉得不应该这样做。我说住得还行，不用替换了。

傍晚，我在医院的院子里散步，看到医院的门口有一家小超市，就走进去转转。在货架上我看到了有我平时常喝的通化红葡萄酒，我想了想，就买了一瓶，又买了一小袋牛肉干。回病房的时候，我把葡萄酒揣在怀里，以防别人看见。我考虑在病房喝酒影响肯定不好，再说我父亲还躺在重症监护室里呢，这时候做儿子的却喝起酒来，确实不太像话。

我打开床头柜的门，蹲下身去，偷偷从怀里拿出酒，倒进床头柜里的一个大搪瓷茶杯中，然后我靠在床头，一边吃牛肉干，一边就着搪瓷茶杯喝酒，这样别人就会以为我是在喝茶呢。一瓶酒喝完，进入了微醺状态，感觉恰到好处，脱衣服睡觉，一个无聊的晚上就这样被打发掉了。而且酒后也睡得踏实，一觉醒来就是早晨了。

我觉得这办法真是不错，到了傍晚我又去买酒。现在，至少是晚上，我不再感到无聊了。

大约是父亲住在重症监护室的第十天，夜里，我酒后睡得正香（这天晚上我喝了一瓶半葡萄酒），突然被床头上方的小扩音器吵醒了，扩音器里反复说着，十八床的家属到重症监护室来，十八床的家属到重症监护室来……我睁着眼，懵懵懂懂地不明白是怎么回事。那边坐在折叠床上念经的老太太对我说："叫你呢，快去啊。"我这才有点清醒过来，飞快地下了床，穿上衣服就往外边跑。

重症监护室里灯光通明，一个医生一个护士还有一个女护工站在父亲的床边，父亲的两手两脚被用绷带绑在床上，他正一边挣扎一边大喊大叫。这场面让我十分吃惊，不明白这究竟是怎么一回事。医生对我说："你父亲要拔掉自己头上的管子，怎么劝都不行，我们只好把他绑上了，但他这样挣扎对他极为不利，他的血压很高，要是挣扎下去，脑血管再破裂了就麻烦了。你劝劝他吧，也许他会听你的。"

听医生这么一说，我也知道了事情的严重性，赶紧对父亲说："爸，爸，你千万别动了，你再这样动下去很危险的，爸，爸，别动了。"

父亲喊着："你叫他们把我放开，我也不是反革命，他们凭什么绑我，我革命这么多年了都没被绑过，他们这是犯法，我要告他们，叫院长来，叫他们领导来，'文革'早就结束了，他们还搞'文革'那一套，无法无天……"

我说："爸，把你放开可以，但你要保证不拔头上的管子。"

"放开我，"父亲不理睬我的话，一个劲地吼着，"放开我，放开我。"

"爸，你别喊了，听我说好吗？"

“你这孩子怎么这么不听话，”父亲怒视着我，“快叫他们把我放开。”

我从没见过父亲这样，一时惊慌失措，完全不知该说什么好了。看着父亲满脸通红、越来越激动的样子，我真担心他的脑血管会像医生所说的再破裂。我对医生说：“要不把他放开吧。”

“就怕把他放开他又拔头上的管子。”医生说。

“但让他这样闹下去也不行啊。”

“是的，他的血压很高，”医生迟疑了一下，对边上的护士和女护工说，“把他放开。”

父亲的两手刚被放开，又摸索着去拔头上的管子，我吓坏了，急忙抓住他一只手，护士抓住了他另一只手。父亲头上的塑料管子是通往他颅内排血的，要是被拔掉了，进去了空气，后果真是不堪设想。这时父亲抬起上半身，开始疯狂地扭动，嘴里还呼哧呼哧地喘着粗气，我喊着：“爸，你别这样，别这样，别这样。”医生在一边说：“把他抓紧，把他抓紧，千万别让他拔管子。”我没想到父亲的力气还这么大，他的手几次差点摸到自己头上的管子。显然他现在脑子已经不清楚了，根本不知道自己在干什么。他身上的被子掉到了地下，他的两脚在乱蹬乱踢，女护工压住了他下半身，医生也上来帮忙，场面混乱得一塌糊涂。这下父亲的脑血管非要破裂不可了，我绝望地想，这下父亲要完了。

突然，那个抓着父亲一条手臂的小护士，把头伏在了父亲的胸口哭了起来，她一边哭一边说：“求求你了，老伯伯，求求你了，老伯伯，别拔管子啊……”

就在这一刻，奇迹发生了，父亲看了看那个小护士，竟然安静了下来，他停止了挣扎，头也慢慢躺回到了枕头上，目光又恢复了往日的安详，父亲轻声说：“你别哭了，我不拔管子了。”

小护士仍然伏在父亲的胸口抽泣着，父亲又轻声说了一句：“你们应该好好跟我说嘛，不该绑我。”然后父亲仿佛是疲倦了，叹了一口气，闭上了眼睛。

眼前的变化大出我的意料，我看了那个小护士一眼，这时她正从父亲的胸口抬起身来，我只看到了她戴着口罩的脸上一双饱含泪水的大眼睛。就在这一瞬间，那双大眼睛深深地印在了我的脑海里。

“有的病人是会发生这种情况的，”医生对我解释着，“头上长时间插着管子，让他们的意识混乱了，我们考虑明天把你父亲头上的管子取出来。”

接下来几天，那个小护士的一双大眼睛都在我的脑海中盘旋。是的，那是一个多么善良而又富有同情心的姑娘啊！我对她充满了感激之情。我想，无论是于情于理，我都应该再见见她，当面向她表达我的感激。

可是，那天夜里，我只看见了那双大眼睛，加上我又是酒后睡得迷迷糊糊被叫去的，场面又是那么混乱，完全没有记住她的其他特征，我不知道我是否还能把她认出来。也许，我能凭着对那双大眼睛的记忆找到她吧。只好试试看了。我到医院门口的超市买来几袋巧克力糖，打算一旦见到她，就把这些巧克力糖给她，也是我的一点心意。

我开始对来病房的每个护士都注意观察，探视父亲的时候，对重症监护室里的护士也格外留心，我还有事没事地就到走廊中间的护士站去转悠。但我都失望了，始终没有找到她，有一两个似乎有点像，可当我反复看那双眼睛的时候，觉得又不是。

越是找不到她，我想要见到她的欲望就越是强烈，而且我的心中还渐渐产生了一种感觉：这是一个我所从未遇见过的好姑娘，她集中了我理想中的女性的所有美好品质。如果让这样一个好姑娘和我当面错过，连几句感激的话都不能说，那我也许终生都会感到遗憾的。此外，在我的内心深处，还有一种想法，那就是假如我找到了她，假如她对我的印象也不坏，假如各方面的情况也都允许的话，说不定……是啊，这个世界上什么事情都是可能发生的。这些年来，我虽然先后谈过不少女朋友，但没有一个真正让我满意的，她们不是有这个缺点，就是有那个毛病，而且大多自私得不行，那么，说不定“众里寻她千百度，蓦然回首，那人却在灯火阑珊处”。

我把晚上喝酒的时间推迟到了十一点以后，以便等到上夜班的护士来了再看看。一天夜里，我又到走廊中间的护士站去转，看到一个护士正坐在桌前写着东西。她穿着白大褂没戴口罩，我一眼就看见了那双大眼睛。我兴奋不已，赶紧跑回病房，从床头柜里拿了巧克力糖就跑了回来。我走到她面前，抑制着内心的激动，说：

“你好，护士。”

她抬起头来，看着我：“你有事吗？”

“你也许记不得我了，”我说，“那天夜里，在重症监护室，我父亲闹着要拔掉头上的管子，我们怎么劝都不行，后来你哭了，我父亲才终于不闹了，我非常感谢你。”

她脸上流露出了一丝困惑的神情，说：“噢，噢。”

我想她可能是接触的病人太多了，才把那天夜里的事情忘记了，而且，这也更加证明了她的善良。一个真正善良的人，是不会把自己的善良之举总放在心上的。我从口袋里拿出巧克力糖，放在她面前的桌上。

“不不，不要这样。”她把巧克力糖推给我。

“你一定要收下，这是我的一点心意。”

她不再推了，说了声：“那谢谢你了。”

“别这么说，你不知道我是多么感激你。”

“这是我们应该做的，”她说，“而且在重症监护室里，病人如果出了问题，护士是要承担责任的。”

她的话让我感到有些意外，我确信，那天夜里，她之所以那么做，完全是出于她善良的天性，出于她对别人强烈的同情心，而绝非考虑到是否要承担什么责任不责任的。再说了，那天夜里有医生在场，如果病人真是出了问题，要承担责任的也肯定是医生，而绝不会是护士。既然如此，那她这么说是什么意思呢？我隐隐地觉得什么地方有点不对头，忽然，我记起来了，那天夜里，那个护士在哭着劝我父亲不要拔管子的时候，说的是标准的普通话，而眼前这位护士的话中却带有明显的南方口音。这个护士和那个护士的相似之处，仅仅在于她们都有一双大眼睛。并且如果仔细看看的话，就会发现，眼前的这双大眼睛既空洞无物又暗淡无光，而记忆中的那双大眼睛，却是那样美丽动人，闪烁着光辉。

此刻我无比懊丧，真想把给她的巧克力糖再要回来。但是我当然不能那么做了，我只是有气无力地说了一句：“不管怎样，还是要谢谢你。”

然后我就离开了。我走到走廊尽头，推开门，进了安全通道，那个护工小伙子也在，他蹲在地上抽着烟。见我进来，他站起身，递给我一支烟，我接过来点燃了。起初我们都没有说话，只是默默地抽着烟。我还沉浸在我的懊恼之中。那个小伙子抽完烟，正准备走，可又站下了，看样子想和我说点什么。

“睡不着？”他说。

“是啊。”我说。

“你们可能习惯了很晚睡觉吧？”

我没有接他的话。跟一个为了生存而不能睡觉的人谈什么睡觉，让我很不自在。我说：“你还在护理那个病人吗？”

“最近我护理的病人要转院了。”他抽了口烟，停了一下说，“你能不能帮我留心一下，看有什么病人需要护理。”

“好的，我会留心的。”

父亲从重症监护室出来后，直接转去了老干部病区（那里条件较好）。母亲花钱雇了个护工专门陪护父亲，不用我在医院了。对了，母亲在我的建议下，雇的就是我在脑科病区熟悉的那个小伙子。我们也按一小时一块钱付他报酬，一天付他二十四块钱，但晚上却允许他睡觉，为此那个小伙子对我们感谢不已，护理起我父亲也格外尽心。这样，我和母亲还有姐姐，只需轮换着去医院给父亲送一点鸡汤或者鱼汤就行了。

有几次，我从父亲那儿出来，又去了脑科病区，每次都在那里转个半天，依然是一无所获。我彻底失望了。这事情有点荒唐，不是吗，那姑娘我肯定已经见了无数次，可就是认不出来她，让我满腔的感激之情无处倾诉，或许还有一段美满姻缘也因此而失之交臂了，想想就让人失落。这个世界真是充满了阴差阳错。

在父亲出院那天，我还是最后去了一趟脑科病区，指望能有奇迹发生，结果奇迹却没有发生。我想既然已经来了，那就去跟那个信佛的老太太告声别吧，毕竟我们在一间病房里住了好些日子。但是当我走进那间病房的时候，却发现那个信佛的老太太和她的老伴都不在了，他们已经出院了。

在家里吃饭的时候，我给自己斟了一杯葡萄酒，父亲也伸手来拿酒瓶子，我和母亲同时制止了他。

母亲说：“你不想活啦，还喝酒。”

我也说道：“爸，你以后再也不准喝酒了。”

父亲看看我和母亲，无奈地缩回了手。父亲又恢复了从前的那种死气沉沉的精神状态。

直到今天，我还时常想起那双大眼睛。

在我的朋友中

在我的朋友中，丁路是头一个从单位下来的，这确实需要点魄力，尤其是他从单位下来并非为了另觅一条生财之道。丁路是个诗人，他从单位下来仅仅只是为了写诗。这事听起来有点不合情理：靠写诗能养活自己吗？这对别人或许是个问题，可丁路却压根儿不予考虑。有的问题也许完全是虚构出来的，你当它是个问题，它就是了，你没当它是个问题，它也就不存在了。比如说，我们每个人都在为糊口而工作，但是你可曾见过一个不工作的人就被饿死了呢？没有吧。既然如此，为什么人人都把糊口当成一个问题?

那时丁路已经离婚，他百无牵挂，觉得正是从单位下来大干一番事业的好时机。他的前妻也是个诗人，两人都自认为是天才，认为对方有义务为自己做出牺牲，否则就是不识大局，结果他们在一起的日子也就可想而知了，他们常常为了谁该烧饭、谁该洗碗洗衣、谁该扫地抹桌子这类鸡毛蒜皮的琐事而激烈地争吵。这种争吵到最后往往导致动手。丁路虽然是男的，但身材瘦小，他老婆虽然是女的，却人高马大，两人在体力上基本持平，但在勇敢和无所畏惧上丁路却远远不及，因而打起架来总处在下风。丁路的脖子常被他老婆抓得红一道紫一道，下身也曾被他老婆捏得肿起过老高。他们还各自都想要从单位下来，想让对方工作来养活自己，在这件事情上，两人的意见更是难以统一。不过很快也就不需要统一了，在他们结婚的第二年，他老婆就因为长期泡病假和旷工，被单位开除了。生米既然已经煮成了熟饭，丁路也无可奈何了，只好把自己的天才继续浪费在毫无意义的工作中，以便养活天才的老婆。这还不算，他老婆因为长期待在家里写作，不免会有郁闷和无聊之感，有时还想要到外地去旅游。旅游当然是好事，丁路也想，可钱从哪儿来？除了节衣缩食之外，丁路还得到夜校去兼职教书（他是中学老师），这样一来，他仅有的一点业余的写作时间都被剥夺了。不得已，丁路只好在口袋里装上一些小纸片，以便灵感来了，见缝插针地写上一句半句。但这样零打碎敲地终究难成气候，有时一年下来，也没写成几首完整的诗。总之，那段婚姻对于丁路来说真是不堪回首。

两个天才就这样生活了好几年，本来这种生活还要继续下去，不知到何时才是个头呢。可是有一天，丁路的老婆到公园里晨练时，遇见了一个英俊的美国留学生。她以一个天才女诗人的勇敢和无畏，主动和那个英俊的美国留学生搭上了讪。接下来两人演绎了一场动人的跨国之恋，丁路的婚姻也随之宣告结束。几年的牺牲换来这么个结果，作为朋友，我都为他感到愤愤不平。可丁路却不这么看，他不仅没有愤愤不平，相反还挺高兴呢。

没了那泼妇，丁路说，这下我要好好开始写作啦。

照丁路的意思，他原本是想简简单单地从单位辞职的，可他父母亲坚决不同意。在他们看来，辞了职就是没有单位的人，一个没有单位没有组织的人，那不就是社会上的地痞二流子吗？这是他们绝对不能接受的。老一辈的观念如此，也是没有办法的。迫不得已，丁路在别人的建议下，准备采取一个折中的方案，那就是找个新单位放档案关系。但双方事先约定，丁路永远不去新单位上班，新单位也永远不给丁路办理退休养老以及医疗保险。实际上也就是说，双方两不相干，新单位也仅仅只是给丁路保管一下档案关系而已。但不管怎样，至少在名义上，丁路并不是辞职，他还是有单位的，还是属于组织上的人，这样他父母亲才勉强可以接受。不过，这个折中方案也不是轻而易举就能办到的，没有过硬的路子，哪个单位会让你随随便便地把档案关系放了去，又不去上班呢？这事也就只有我才能帮上他了。

那会儿我还在亚龙公司，公司总经理周亚振是我表舅的老同学，对我是相当关照的。我把丁路的事对周亚振一说，他很爽快地就同意了，只是提出要见丁路一面。不论怎样，周亚振说，他也算是我们公司的员工了，我这老板总要见自己的员工一面吧。这要求不过分。

丁路在狮子楼大酒店摆了一桌，我也作陪，周亚振在公司几个干部的陪同下，前呼后拥地来了。我们这老板周亚振，喜的是酒，一喝就醉，一醉就胡说八道。他在酒桌上对丁路说，听说你是个写诗的，是吗？那玩意儿能写出什么大名堂，纯粹是瞎胡闹，我看你以后还不如给我写一部传记算了，我的经历丰富着呢，你准能靠这个出名。又说，你写诗几年了，有没有写得像点样子的，等我闲了，把你写得像点样子的拿来给我批评批评，你他妈的别以为我不行，我写东西的时候你还穿开裆裤呢，不信我马上写给你看，小姐，拿纸和笔来。服务员拿来了一张巴掌大的空白账单和一支圆珠笔，周亚振边上的人赶紧把他面前的碗碟和酒杯推开，又拿餐巾纸把桌面擦干净。周亚振站了起来，他微微歪着头，一只手抓住圆珠笔的上端，那架势仿佛是在挥毫泼墨。略做沉吟，他在空白账单上写下了两行诗，然后把笔往桌上一扔，一屁股坐回到椅子上。边上的人拿起墨宝，大声读了出来：

春风拂钟山

改革花烂漫

桌上的人除了丁路都一致大声叫好（我也跟着乱喊了几声），还有人点评说那个“拂”字用得是如何如何恰到好处，如果用“吹”字，意境就差了很多。丁路虽然有一身诗人的铮铮傲骨，无奈在人屋檐下，不得不低头，他红着脸，尴尬地笑了笑，他以为这样就行了。可周亚振并没有放过他：我写得怎么样，说。丁路嘴里嘟嘟囔囔的，不知说了些什么。周亚振有点不高兴了：你还写诗呢，连话都说不清了，到底是好还是不好？我在桌下使劲捅了捅丁路，他这才说，嗯，好，是蛮好的。散了席，周亚振东倒西歪地被人给扶走了，只剩下了丁路和我，他说，操，老子今天被姓周的这个王八蛋给强奸了。

离开单位后，丁路基本上没了收入（那偶尔三五块钱的稿费完全可以忽略不计），只是靠着一点微薄的积蓄和父母的补贴生活，日子过得异常艰苦，说实话，他没有被饿死真是一个奇迹。记得有一次他到我这里来蹭饭，小半锅饭，除了我吃了一碗，剩下的他全吃光了。我简直被他的胃口给吓住了，他告诉我，他已经连续喝了三天稀饭了，实在是饿得够呛。我说你怎么不回父母家去吃饭呢，他说不愿回，一回去父母亲就要跟他唠叨让他工作的事，烦得不行。他不仅常到我这里来蹭饭，所有的朋友那儿他都去蹭，吃起来也没什么讲究，菜好坏无所谓，但饭的分量一定要足，吃的时候他就会不停地问，饭还有吧，饭还有吧？问得人心惶惶的。要是有人叫他去哪儿玩，他最关心的也是，有饭吃吗？

丁路的身体本来就不是太好，艰苦的生活更加损害了他的健康，几年下来，他瘦得只剩一根筋了。胃也坏了，头顶也秃了一大块，还有牙齿，三天两头发炎，一颗接一颗地拔，终于有一天，我去他那儿玩，发现他什么地方有些不对头，脸好像变短了，说起话来也口不关风。再一细看，原来他满口的牙齿都没了。他告诉我，他去医院把牙齿全拔了，过些日子等伤口长好了，就去装一口假牙。他说话的时候，我看着他黑洞洞的嘴巴，真为他感到心酸，三十多岁的人竟然满口牙齿都没了，我们的诗人都过成什么样啦！我在他家的茶几上，还看见一只小碗，碗上盖着个用塑料可口可乐瓶子的上面部分剪出来的一个凸起的盖子，我揭开盖子一看，里面是几块酱豆腐，其中一块已剩了一小半，不用说，这就是没牙的诗人这些日子的菜肴了。后来，当他满口白森森的假牙装好了，吃起东西来仍然不是很利索，稍硬一点的东西都不太能嚼，否则牙床疼，我就跟他调侃，让他把假牙取下来抓在手上，直接在手上嚼东西，等嚼烂后，再连同假牙一起塞回到嘴中。

就是这么艰苦的生活，丁路也从没有后悔过当初的选择，相反对未来还充满了希望。他曾跟我说过，等以后他有钱了，他要在玄武湖边上买一套漂亮的房子，好好地装修一下，作为工作室。那一定非常不错，写诗写累了，出来在湖边溜达溜达，看看湖光山色，完了再回去写。我说你是不是疯了，还想要个工作室呢。他奇怪地看着我，说如果普希金想要个工作室，你会觉得有什么地方不对头吗？怎么我想要个工作室，你就会这么大惊小怪？算了吧兄弟，我说，你看你现在的日子都过成什么样啦，还是实际点，趁年纪不是太老，找个女人过日子才是个正经事。他说你知道吗，毕加索七八十岁的时候，想跟他睡觉的女人，还得排着队走后门呢。噢，天哪，他大概还想等成名以后，女人也都来排着队跟他睡觉呢。

我以为他是有些过分乐观了。且不论他诗写得到底如何（这玩意儿我也不是太懂），单就他一年也难得发表几首诗来看，这要到什么时候才能出名呢。他也承认这确实是个问题。他分析其中的原因主要在于，发表诗的刊物太少，再加上那些诗歌编辑大多是些色鬼，他们哪里懂什么诗的好坏，除了发名诗人的诗之外，就只喜欢发年轻姑娘的诗了。尽管如此，他觉得只要坚持下去，慢慢积累些名气，最终发表会不成问题的。我给他提了个建议，既然那些诗歌编辑大多是些色鬼，那他不妨在自己的名字上动动脑筋，给自己取一个女性化的笔名，比如叫丁小花，或是丁美丽，反正投稿也不用注明作者性别的，在投稿信上也不妨撒个娇卖个痴，让那些色鬼编辑产生错觉，以为他是个如花似玉的闺女，这样一来，说不定发表也就不成问题了。我的建议当然是跟他开玩笑，不过却给了他启发，他开始琢磨起除了单纯的写诗之外，其他的成名途径了。

有一阵子，他总是动员我给他搞个访谈录，按他的说法，这会对他的成名有所帮助。对此我深表怀疑，主要是怕做无用功——这访谈录到哪儿去发表呀？如果发表不出来，那我不是白忙活了。我一再敷衍他，可最终还是架不住他软缠硬磨，答应给他搞了。事先他跟我大致讨论了该问哪些问题不该问哪些问题，然后我拟出了一份访谈提纲，让他审阅修改，完了我拿上录音机，就正式开始搞他的访谈了。

访谈是在他家进行的，搞了一下午，他跷着二郎腿坐在沙发上，抽着烟，喝着茶，像个大师一般对我的提问侃侃而谈。有时他谈得兴奋起来，会抛开我的问题，岔到其他事情上去。他谈到了充满幻想的童年，谈到了美好的初恋以及那次失败的婚姻，谈到了面对经济大潮一个诗人的良知和社会责任感。大体说来，他谈得也还蛮像那么回事的。尤其是他谈到童年和初恋的时候，给我留下了深刻的印象，我没有料到，他才十三岁多点，就有了第一次梦遗，开始了骚动不安的青春期（他提醒我，在整理成文的时候，梦遗这一段要删掉）。他的叙述感情投入，不乏精彩生动的细节，确实能让人窥见一个天才的成长历程。当然，我这么说的前提就是，他以后真成了大名，被世人公认是个天才了。否则的话，让人窥见的就只能是一个傻瓜的成长历程了。

可是，当访谈进入到了实质性的部分，也就是当他谈到自己的诗歌的时候，我觉得有些不上路子了。他说的都是些什么呀！他说，他那些不朽的诗篇并不是他创作出来的，而只是在某一些神秘的时刻，上帝通过他的手传达给世人的，所以对于他来说，写作的过程就是一个等待的过程，等待那些神秘时刻降临的过程，除此之外，他什么都不用再干了，也干不出什么了。他还奉劝那些靠努力和用功来写诗的人，放弃这个行当吧，不要无谓地浪费时间了，他们缺乏天才，根本不是干这个的料，诗人是天生的，而不是靠努力和用功就能成就的，努力和用功只能造就一个工匠，绝不能造就一个诗人。我的天，这么说话需要何等的实力和自信啊，这小子是不是疯掉啦。同时，我还想象着他整天坐在他那狗窝一般的家里，昂首向天，等待着那些神秘时刻的降临，就仿佛一条狗在昂着头等待着主人扔给它的一根骨头。我实在听不下去了，委婉地提出了我的看法。我说谈诗的这部分是不是有点过了，能不能说得含蓄一点，比如把“天才”这个词改成“天赋”，“靠努力和用功”什么的就不要谈了，毕竟别人怎么写诗是别人的事情，与他并不相干，他只须谈自己怎么写诗就成了。不行，他以不容商量的口吻说道，这是整个访谈的精华部分，绝不能动，就按我说的整理。操，他还来劲儿了，那就不动吧，随他去了，反正出丑的又不是我。但是，我提出了一个小小的要求，访谈者能否不用我的真名，用一个笔名？他说这个就无所谓啦，谁在意你啊，真名笔名的就随你便吧。

在访谈的最后，他还说了一些别别扭扭的话，比如，他作为一个“正在进行中的汉语诗歌写作者”，对当前的“汉语诗歌文本”是怎么看的，接下来，他又是作为一个“正在进行中的汉语诗歌写作者”，对当前的“英语诗歌文本”是怎么看的，等等。我就不懂了，他为什么就不能简单点说，他作为一个写诗的，对别人的诗歌是怎么看的呢？他平常说话也不是这样的啊，为什么在访谈里就要说这些拗口的话呢？但是不管他了，反正他也听不进我的意见，随他去胡说八道吧。

花了几天时间，我把访谈录整理出来了，洋洋洒洒一万多字，蛮像个样子的。接下来，我的担心果然不是没有根据的，丁路把访谈录打印了无数份，到处投，可都是石沉大海，音讯全无。我也没什么可抱怨的，只当是辛苦一场让朋友过了把大师瘾。而且说实话，我觉得这玩意儿没有发表出来也是合情合理的，哪能随便什么阿猫阿狗的访谈录都能发表出来呢，那不乱了套了。就在我把这事差不多已经给忘了的时候，忽然，国外的一个叫什么《今天》的华文刊物竟然把访谈录给发表啦（我都没有想到丁路会把访谈录投到国外）！他们甚至还给他汇来了一百多美元。按照美元对人民币的比价，一百多美元就差不多是一千多人民币了，这可是一笔大数目呀。这确实让我对他有点刮目相看了，心里也产生了一丝小小的疑惑，这小子没准儿真是个天才也说不定。所以，当他招呼也没打，就把一百多美元，也就是一千多人民币揣入腰包，一个子儿也没给我的时候（我总觉得这笔钱至少应该有我一半），我虽然心里有点不满，但也没说什么，一来他确实很穷，二来能帮助一个天才好像也马马虎虎说得过去，假如他将来真成了大名的话，说不定我也能跟着沾点光呢。

希望是有的——这一点连我都开始承认了，但艰苦的生活丁路还得继续过下去，指望一朝一夕就能成名发财显然是不切实际的。好在就丁路来说，艰苦的生活已经如影随形，完全没有感觉了，我相信就这样让他过一辈子他也不会抱怨什么的。不过话又说回来，也不知是怎么回事，自从他的访谈录发表以后，他好像突然间有些耐不住寂寞了，特别渴望到外地去旅游了。他开始常常跟我说起，他上一次旅游是在多少多少年前，这一晃就是多少多少年没出过门了，他说他真想到外地去旅游一趟啊。他这是怎么了，为什么会这样呢。我分析他这种突然间耐不住寂寞的原因，是他的访谈录发表后，著名诗人的前景已经被他隐约望见了，到各地开笔会讲演签名售书做特邀嘉宾，以及女诗歌爱好者投怀送抱的风光日子似乎就在眼前了，这让他有些迫不及待起来。

是的，艰苦的生活他可以无所谓，但著名诗人应该享受的荣耀，他还是很在乎的。再说了，日复一日，年复一年，坐在他那狗窝一般的家里，等待着那些神秘时刻的降临，想必也是非常之枯燥乏味的，或许这时也已到了他忍耐的极限。

出门旅游，对于别人来说也许不算什么，可对于丁路就没那么简单了。他平时去哪儿连公共汽车都舍不得坐，从来都是步行，他又怎么可能会花一大笔钱出门旅游呢。毕竟吃饭才是最主要的，连温饱都没有解决，别的就免谈了。但想想总还是可以的。他跟我说，在国外，有这样一些阔佬，他们以资助穷艺术家为荣，他们给穷艺术家大把的钱，供穷艺术家挥霍，到各处旅游。他还给我举了个例子，说杜尚你知道吗？不知道吧。谅你也不会知道。他是法国的一个画家，名气不小，这家伙除了早年画过几张画，博得了个艺术家的虚名之后，一辈子就再没干过什么正经事儿了，可是他却能不停地从一个国家游览到另一个国家，到哪儿还都吃香喝辣的，而所需的费用，全是一些阔佬提供的。他的言下之意，就是像杜尚这种冒牌货都能如此快活，而像他丁路这种真家伙想出趟门旅个游都不行，太不成体统了，简直是一种耻辱。

我有些不解，问他这些阔佬这样做图的是什么呢，任何人做事都有个动机啊，这些阔佬也不会例外，他们总不会无缘无故地行善吧。他说这些阔佬图的是显示自己有文化，有品位，对于他们来说，资助穷艺术家是一件很光荣很高尚的事，哪像咱们中国的土财主，有了钱只知道吃喝嫖赌。我不知道他说的是否确有其事，如果有的话，那他真是生错了地方。另一方面，如果咱们中国也有那种阔佬的话，那连我都想去写诗啦，是不是天才我不敢说，但把句子竖着排我还是会的，再弄个像丁路那样的访谈录也并非难事。得了，好事还是不要去多想了，哪儿有呢？

但是让我始料不及的是，这种好事还真有呢——虽然不是哪个阔佬资助，可说到底的确是免费旅游啊！不过太遗憾了，好事来了，丁路却没有福气，他因为自己的缘故，最终却没能成行。这个世界上确实有像丁路这样倒霉的家伙，总是和好事无缘，仿佛上辈子做了什么孽，这辈子该派来倒霉似的。

一天，丁路兴冲冲地给我打来电话，说外地一个编辑来本地约稿，晚上请他吃饭，他叫我也去。我一听也蛮高兴，外地编辑来向他约稿还请他吃饭，这种事情据我所知以前还没有过呢，无疑这是一个好兆头，看来我们的朋友是有点苦尽甘来的味道了。

晚饭是在小上海酒家吃的。丁路像出席一个正式的酒会，穿了西装，打了领带，头上不多的几根毛梳理得齐齐整整。那编辑是个女的，叫王萍，三十岁左右，戴副眼镜，身体偏瘦，姿色平平。丁路在向她介绍我的时候，是这么说的："诗歌评论家。我的访谈录就是他写的。"点菜时，王萍让丁路点，丁路稍微客气了一下，就点了起来。基围虾、鲈鱼、鸭舌、乳鸽……尽是好的，他一边点还一边问我想吃什么，好像是他请客一样。看他点菜那副架势，你不会想到，寻常的日子里，他是只能弄点青菜豆腐吃吃的。酒要的是长城干红和王朝干白，这样的好酒不要说是丁路了，就是我也难得喝上。

王萍人很随和，能喝点酒，也健谈。她是从福建宁德来的，是那里的一份正在筹办的叫作《太姥山》文学月刊的诗歌编辑，因为是筹办，没有稿子，所以这次和主编一起出来组稿。她也写诗，和丁路是诗友，一直有信件往来，但没有见过面，这次一来是向丁路组稿，更主要的还是和丁路见见面。我们问她，既然是和主编一起出来组稿的，那主编到哪儿去了，怎么不来吃饭。她告诉我们，今晚她和主编分头请客，她请我们，主编请作协的两个著名诗人。我半开玩笑地对她说，你们主编也真够势利的，作协的著名诗人自己请，无名之辈就由你来请。她说什么呀，丁路是我的朋友嘛，我们虽然以前没见过面，但在信中蛮谈得来的，是吧，丁路？那还用说，丁路把一大口酒灌下肚去，女诗人中像你这样的真是少见，特有理解力，又特有才气，这次能见面真是高兴，来，咱俩干一杯。

这顿饭吃了很长时间。我们都喝了不少酒，尤其是丁路，一个人差不多喝了有两瓶葡萄酒，把一张瘦猴脸喝成了通红的猴腚，还在不停地提议干杯。我私下里劝他悠着点，酒是好，也难得喝上，但这么个喝法恐怕他人吃不消。他说没事没事，这点酒都不能喝了，那以后好日子来了更没法过了。他说的倒也是。席间，喝上了劲儿的丁路和王萍相谈甚欢，两人似乎很有共同语言，对诗的节奏、音乐感、意境、题材等诸多环节进行了深入的探讨，并取得了一致意见。不仅如此，我也注意到，在他们关于诗的热烈的交流中，丁路的目光还不时地瞟向王萍那扁平的身体。是啊，我们的朋友压抑得够久的了。据他自己说，打从离婚后，他基本上就没闻过女人味儿了，都是靠放手铳解决问题的。难得今天遇到了一个红颜知己，多瞟上几眼也是在情理之中的。在王萍起身上洗手间的时候，丁路悄声对我说，等下饭局散了，你先走一步，我和她找个酒吧坐坐，继续切磋诗艺。我说好的好的，我明白。

过了九点，王萍又要了水果拼盘，她还有继续坐下去的意思，显然她也兴致正浓。丁路和我交换了个眼色，他大概准备提议去个酒吧再坐坐了，可就在这时，王萍的手机却响了，她起身到一边去接，接完了她刚回来坐下没几分钟，手机又响了，她再次起身到一边去接。这次她接完后回来，对我们说，两次电话都是她的主编打来的，催她赶快回宾馆休息，说时间已经不早了。没办法，她面露无奈之色地说，以后找机会再聊吧。丁路很扫兴，问她，你不是明天就走吗，哪有机会再聊？她说这次是没机会了，不过她们杂志社马上就要正式成立了，到时候，准备请一些人去参加成立大会，她想和主编说说，看能不能把丁路也请去。我和丁路都觉得她这话太不着边际了，只是为她现在抽身而去寻找的借口，你想杂志社正式成立的大会是何等隆重的场合，请的还不都是有头有脸的人物，像丁路这样的人哪儿能沾得上边。但是有什么办法呢，现在她去意已决，我们总不能硬拉着她不让她走吧。丁路怀着满腔欲火，眼睁睁地看着她叫来服务员，买了单，跟我们分手了。

我和丁路出了饭店，站在街边谈起王萍匆匆离去的原因。得出的结论是，王萍肯定是那个主编的情人。首先那个主编带着王萍，孤男寡女两个人出差，这就有点非同寻常了。其次是王萍请我们吃饭，那个主编凭什么要催她回宾馆休息，什么时间早不早的，跟他有个屁关系。他们两个要不是情人那才怪了。那个狗日的主编，丁路愤愤地骂道，利用职权搞女下属，真他妈的不是东西。我劝他要想开点啦，世道就是如此嘛。

也许是王萍的离去让丁路失望至极，此外他的酒也喝得确实太多了，反正突然间，我们还正说着话，他就支持不住了，蹲在地下大吐了起来。吐完了，站也站不稳了，整个人都歪在了我的身上。我叫了出租车，半拖半抱地把他弄上去。车一开他又吐了，把车里吐得臭气熏天，一塌糊涂，我忙不迭地向司机赔礼道歉，下车时还额外多付了十块钱洗车费。我把他送到家，扔到床上，他立刻又吐开了，我赶紧给他拿个盆子接着。他吐得昏天黑地，连胆汁都吐出来了，最后还哐啷一声，把一口假牙也吐在了盆子里。我想这家伙真够倒霉的，难得吃上这么一顿好东西，还没福享用，全吐光了。

一个星期后，丁路在家里接到了一个男人的电话。那男人操着怪腔怪调的普通话，再加上说的内容——据丁路事后对我说——他当时的第一反应就是我在跟他开玩笑，他说那怪腔怪调的普通话活脱脱就像是我憋着嗓子装出来的。而且因为那天晚上大醉一场，到现在还没有彻底缓过劲儿来，浑身上下都不舒服，情绪十分恶劣。所以当他以为是我在跟他开玩笑时，很不耐烦。

“喂，喂，你是丁路吗？”

“我是，怎么的？”

“我是《太姥山》文学月刊的主编。”

“噢，噢，你他妈的跟我开什么玩笑。”

“我没有跟你开玩笑，我是《太姥山》文学月刊的主编。”

“你以为你憋着嗓子，我就不知道你是谁了吗？”

“我是《太姥山》文学月刊的主编。”

“好啦，你是主编就是主编吧，有什么话快说。”

“我们《太姥山》杂志社将要正式成立，准备邀请一些作家和诗人来参加成立大会。会议在太姥山风景区举行，为期五天，其间还有一些活动，现在我邀请你来参加，能赏光吗？”

“操，说的还蛮像那么回事。”

“嗯、嗯，你能赏光参加吗？”

“这么说，你真是那什么主编喽。”

“对，我是的。”

“你妈了个蛋，你要真是那个什么×主编的话，那请问你跟王萍搞得怎么样啦，你这老家伙能耐不小呀，搞起自己手下的女编辑了。”

“嗯嗯嗯，我是《太姥山》文学月刊的主编。”

“知道你是主编。”

“你是丁路吗，我们邀请你参加《太姥山》杂志社的成立大会。”

“好啦，你个狗日的东西玩笑开够了没有，老子还有事呢。”

“我是《太姥山》文学月刊的主编，你是丁路吗……”

直到这时，丁路才突然意识到，对方可能真是《太姥山》文学月刊的主编了。因为如果是我在跟他开玩笑，不太可能这么固执地翻来覆去地就跟他说这几句话了，这不像我开玩笑的风格。此外他还想到，福建人说普通话好像就是有点这种怪腔怪调的味道，他以前听福建人说过。啊，天哪！他惊出了一身冷汗。

“这样……这样……”

“你能来参加吗？”

“哦……是这样，我很忙，抱歉……真的抱歉，不来了，不能来了。”

丁路急忙挂上了电话。

我在亚龙公司的时候

我在亚龙公司的时候，跟一个叫姜占国的同事关系最好。

姜占国三十多岁，个子很高，有一米八几，长得方脸大头，一颗门牙镶着金，说起话来有点公鸭嗓。这人整天笑眯眯的，爱说下流话，为人很随和，但公司里的人似乎对他都有点心存畏惧，除了老板周亚振，别人对他都挺客气。姜占国是基建科的人，但他只要一上班，就爱端着个茶杯到每个办公室乱转，找人闲聊天，时不时说上一两句下流话。一次公司里给每个员工发了几斤毛线，这在公司是很少见的事，因为公司经济效益不好，连发工资都是靠银行贷款，福利待遇极差，基本上除了按月发给每人两包卫生纸之外（妇女来例假的日子，可以额外多领一包卫生纸），是什么也不发的。当时大家领到毛线后都挺兴奋，特别是一些妇女，聚在一起纷纷议论着毛线是什么质地的。这毛线粗软蓬松，暗蓝色，没有什么光泽，摸上去手感不错。有人就说是兔毛的，有人说是混纺的，还有人说是羊毛的，互相争论不下。这时恰好姜占国端着个茶杯晃晃悠悠地走来了，就有人问他："喂，姜占国，你说这毛线是不是羊毛的？"

姜占国煞有介事地摸了摸毛线，又拿到眼前仔细看了看，接着就叫了起来："什么，谁说这是羊毛的？这他妈是××毛的。"

结果人人都知道公司发的毛线是什么毛的了。

还有，基建科本来没有科长，后来从公司下属的模具厂调来了一个人当科长。新官上任三把火，加上这科长对姜占国不熟悉，有点不知天高地厚，一天他对姜占国说："昨天上班你到哪儿去了，我怎么一天没看见你。"

姜占国说："我出去了。"

科长摆出领导的派头，说："下次你上班时出去，要跟我说一声。"

姜占国一听这话，没有吭声，只是拉开抽屉，从里边拿出一把大号的老虎钳子，他走到科长面前，不紧不慢地端起科长桌上细长的玻璃茶杯，用老虎钳子啪的一下就把茶杯的下半部分给敲掉了，茶水顿时流了一地。接着他瞪着科长，说："老子回家和老婆睡觉去了，也要跟你说吗？"

我刚到公司的时候，是在劳资科里上班的。劳资科里除了我还有五个人：一个四十多岁的男人，姓孔，是科长，一个姓孙的中年妇女，一个叫潘丽的年轻姑娘，一个叫何冰的三十多岁的老姑娘，还有一个叫张辉的小伙子。

孔科长整天坐在办公桌前画表格，也不知道他怎么有那么多表格要画的，除了画表格，他时常会提着公文包，站起来面对办公室里的所有人说一句："我去劳动局了。"接下来的一天就再也见不着他了。此外，我并没有见过孔科长管过办公室里的谁，好像随便别人干什么都和他没有关系，他只管自己画表格和去劳动局。以后，我还见过孔科长干过一件事情，一天上班，他忽然停止了画表格，对办公室里的所有人说："我想造个计划，这个月给公司本部的所有人发二十块钱奖金，你们看怎么样？"大家都说好，说孔科长为大家做了一件好事，说别的一些单位月月都发奖金，就咱们公司一次奖金都没发过，太不像话了，早就该给大家发点奖金了。孔科长笑眯眯的，大家的夸奖让他深受鼓舞，大概觉得自己终于发挥了一次主观能动性，做了一件建设性的事情，因而心情很爽，他说："好，我马上造计划。"孔科长造好计划，兴冲冲地去找老板周亚振批，一会儿工夫，他就愁眉苦脸地回来了。他在周亚振那里挨了骂，周总是这么说的："你他妈的闲得没事干了是不是，怎么想起来发奖金的？给每个人发二十块钱顶个屁用，还不如用这笔钱请大家喝顿酒呢。"这下孔科长老实了，踏实了，每天上班又开始画他那永远画不完的表格和永远去不完的劳动局了。人这种东西就是这样，不给他点颜色看看，他就总会觉得自己能得不行。

姓孙的中年妇女体态臃肿，脸色红润，人很勤快，老是在办公室里东瞅瞅西看看，一发现有什么事情可干，立刻就像饿虎似的扑了上去。办公室里抹个桌子扫个地，打个开水，不用说，都是她包了。尤其是出去给公司里买个东西，她更是积极（我也和她买过一次东西，并在她的诱惑下，贪污了一个电饭煲）。只可惜能让她干的事情太少了，不得已，她就经常跑到食堂里去帮忙，然后跑回办公室向大家报告今天中午吃什么菜。

张辉的下巴上总是贴着块纱布，不知怎么回事，他那里总是生着个脓疮，而且总是不好。大约是营养过剩的缘故吧。他的话特别多，内容大多是部队里的事（他父亲是解放军工程兵学院的副院长），说这些事的目的也不外是炫耀他属于高干子弟。“你们知道吗，最近部队要缩编了，是建国以来最大的一次，文件已经传达到了军一级干部，我是从我爸爸那里看到的……”“广西闹洪灾了，死了不少人，我家警卫员就是广西人，他家也死了人，我父亲特批让他回家去看看……”“昨天晚上我到省军区刘副司令家去玩……”

老姑娘何冰的个子矮矮的，有点罗圈腿，长着圆脸，歪鼻梁，鼻头是红的。我后来才知道她以前是塌鼻子，到医院做了隆鼻手术，结果不太成功，把鼻梁垫歪了，鼻头也始终像害了冻疮一样红。她跟人说起话来不喜欢以正面示人，总是侧过脸去，还时不时地伸手摸摸自己的红鼻头，以期稍微遮挡一下别人对这只红鼻头的视线。

潘丽皮肤苍白、眉毛漆黑，长着一副狐狸面孔，她不太爱说话，上班时喜欢抱着本时尚杂志看。

那时我和谁都不熟悉，加之无事可干，上班时颇感无聊，因此便急于找个人建立友好的关系。很快，我就对常来我们办公室玩的姜占国产生了兴趣，不知为什么，这个吊儿郎当的大个子让我很有亲切感。

中午，姜占国特别爱到我们办公室来吃饭。他端着从公司厨房打来的饭菜，在一张空着的办公桌前坐下，打开一瓶泗洪特酿白酒，自斟自饮，通常喝个二三两就不喝了。那瓶泗洪特酿白酒总放在一张办公桌上，而且好像总也喝不完，似乎是一眼永不干涸的水井，任何时候姜占国都能倒出酒来。时间稍长我才发现其中的秘密，原来每当一瓶酒喝完了，我们办公室里那个叫潘丽的姑娘就会再买一瓶放在桌上，等姜占国来喝。潘丽虽然不太爱说话，但只要姜占国中午来吃饭，她就会坐到他的对面，陪他一起吃（各吃各的饭菜），话也多了起来。我猜出了他俩的关系，公司里的人好像也都知道他俩是一对隐蔽的情人，但从没有人说起，更没有人敢拿他俩的关系开玩笑了。

有时姜占国除了从公司厨房里打来的饭菜，还会另外从街上买点卤菜来吃，也就是一包猪耳朵或是一包盐水鸭，这种时候他就会多喝一点酒，酒一多，话也就多了，说着说着，潘丽就不耐烦了（她大概考虑到这毕竟是办公室），冲他说："好了吧你，别喝了。"

姜占国露出镶金的门牙笑嘻嘻的说："你也喝一口。"

"谁喝你的臭酒。"潘丽站起身来走出办公室。

姜占国继续吃喝，跟人说话，别人对他的饶舌也不感兴趣，敷衍他几句，或是趴在桌上午睡了，或是借故走出办公室。这种时候，只有我既不午睡也不走，心甘情愿地听他说话。这让姜占国很高兴，以后每次他一喝多就拉着我喋喋不休。渐渐地我俩的关系越来越近，他对我几乎无话不说了，我对公司很多情况的了解，基本上都是从他那里来的。他尤其喜欢跟我说老板周亚振的逸事趣闻，我听起来津津有味，而且每当他提起周亚振的时候，总爱用“鬼屌”这个词来特指他。以前我从没听过这么骂人的，这好像是姜占国自己发明的一个骂人的词，并且他也只用在周亚振一个人身上，仿佛在他看来，也只有周亚振才配得上这个词。鬼屌，鬼的生殖器，那是个什么玩意儿。

“鬼屌去上海出差的时候，住在锦江饭店，有一天他喝醉了，在房间里拿大顶，雪白的墙上被他踩了两个大黑脚印……”

下午上班的时间到了，姜占国的酒也喝到位了，他把玻璃小酒杯往酒瓶口上一扣完事。每次他喝过酒都是这样，从不洗杯子，就这么扣在酒瓶口上，下次拿起来接着喝，那只玻璃小酒杯上全是淡淡的油印子。我问过他：“你怎么从不洗杯子，也不嫌脏？”

他说：“酒是消毒的，脏什么。”

我注意到，凡是姜占国喝多酒的时候，下午一上班，他就会找机会朝潘丽使个眼色，而潘丽则假装没看到，接着姜占国就走了，过上一会儿，潘丽肯定也要走了。然后这一下午就再不会看到他俩的影子。估计他们是上街玩去了，或是找地方打炮去了。吃饱喝足了去风流快活，这班上得真没有话说。

姜占国的老婆来公司找过他，那是个又矮又胖的姑娘，岁数比姜占国小得多，像是只有二十三四岁，而个子大约只有一米五多点（跟何冰差不多高），两人站在一起非常不般配。她来找姜占国是要钱的，姜占国把钱给了她，她二话不说，转身就走了。以后我听姜占国说，他老婆是下岗工人，没有再找工作，整天什么事也不干，就是打麻将。姜占国只要每月按时给她钱，她从不管姜占国干什么，在家里也很少看到她的影子，她白天黑夜地泡在邻居那里打麻将。有时她输多了，就会缠着姜占国要钱，不给她就又哭又闹。姜占国提起她就像提起一个无知的孩子，她也的确像一个孩子，不但什么事也不干，连她自己的衣服，包括裤头袜子都是姜占国洗。姜占国这是二婚，他和前妻还有一个女儿，八岁了，跟姜占国的父母过。

姜占国经常去父母家看女儿，有时还会一连在父母家住个好几天，可他却从不让女儿到他自己家来，我问过他这是为什么，他说怕女儿被欺负：“我那屌老婆一点不懂事。”姜占国跟他老婆的关系挺奇怪，他总是深更半夜才回家（那时他老婆已经睡下了），然后料理一下家务事，再弄一两个小菜，独自喝半斤八两的老酒，喝得迷迷糊糊上床睡觉。凌晨，他老婆还没起床，他就已经离开了，每天跟他老婆连话都说不上一句。这我就不懂了，感情寄托他有女儿，风流快活他有潘丽，那他还要这么个老婆干什么呢？可他也从没有说过不喜欢他老婆的话，真是有点莫名其妙。

跟姜占国接触得多了，对他有了一些了解，我发现他并不像表面看起来那么无所事事（当然在公司上班他是不干事的，也无事可干），其实在外面他不停地找私活儿干。他很能干，懂钳工和水电工，还会工程核算，又吃得苦，常在外面自己接一些小工程来干，挣了不少钱。每次接到工程后，他会几天不来上班，或者是来点个卯就又走了，反正也没人敢管他。他曾问过我：“你想不想挣点钱？下次我接到工程后，你跟我去干。”我说我没一样会的，能干什么。他说：“你只要按照我说的去做，没什么难的。”我还是不肯，主要是懒，还有就是不愿意占他的便宜。他还主动对我提出过：“你要是缺钱用，跟我说一声，我给你。”他显然不是随便说说的，当然我即使缺钱也不会向他开这个口。我这人轻易从不愿欠人家的情，那会让我惴惴不安。我的看法，人与人相交心意到了也就是了，落到实处反而不美。

姜占国对我真是挺不错，可其实我并没有为他做过什么事，顶多也就是他喝多了听他说话，闲来无事找他聊天，而且从内心来说，我并没有把他看成和我是同一路人，充其量不过是上班时一个解闷的伴儿，所以下班后他约我吃饭喝酒什么的，我从来都推托，他也毫不介意。

还有一点，姜占国与公司里的绝大多数人不同，他不是靠关系进这个公司的，他没有任何关系。事实上，他是跟随周亚振打天下的元老之一，还在周亚振成立公司前、做鸭子生意的时候，他就跟随周亚振干了。但他之所以能在公司里混到今天，肯定不是因为周亚振念旧，因为当初跟他打天下的其他元老早就被他开除了，只剩下了姜占国一个人。那么周亚振是怎么能够容忍姜占国的呢？说是“容忍”一点也不为过，因为公司里最不尊重周亚振的就是姜占国了（自然，当面姜占国还是尊重周亚振的，周亚振骂他他也不吭声），他在谁面前都敢骂周亚振，骂他“鬼屌”，不仅如此，周亚振过去那些见不得人的丑事，也都是从姜占国这里传出去的。比如，周亚振去农村贩鸭子的时候，硬塞给一个农妇五块钱，想要干那事，结果让人打了一顿。周亚振晚上喝醉了酒，爬他小姨子的窗户……所有这些，无疑会有人向周亚振汇报的吧（拍老板马屁的永远都是大有人在），可并没见周亚振拿姜占国怎么样（虽然周亚振肯定也不喜欢姜占国，平时见了姜占国爱理不理），这是为什么呢？后来拆房子的时候（这事后面再说），我终于知道了这个问题的答案。

一天中午姜占国又喝多了，那天不知为什么潘丽不在，下午一上班，姜占国就问我愿不愿意陪他出去洗个桑拿，我同意了。

浴室离公司不远，走个十几分钟就到了。里面没几个人，我们脱了衣服，先在大池里泡了泡，又去桑拿间里蒸，我蒸了没几分钟就吃不消跑出来了，姜占国比我蒸的时间长得多，他出来的时候浑身通红，大汗淋漓，我们冲了淋浴，擦干身体，就到外面的休息室去休息。姜占国要了两杯龙井，我们躺在相邻的两张沙发床上，喝着茶，抽着烟。休息室里除了我俩之外，还有一个老头，他肚子上搭条毛巾被，已经睡着了，轻轻地打着鼾。

午后的阳光透过上方的玻璃窗照进来，明晃晃暖洋洋，室内很安静，只有那老头轻微的鼾声和一只飞舞的苍蝇发出的嗡嗡声。这会儿，姜占国的酒劲已经过去了，脸色微红，看上去神清气爽，他仰面朝天躺着，嘴噘成喇叭形，向上吐着烟圈，一副心满意足的模样。我问他："姜占国，你以后有什么打算？"

"打算？"他看了我一眼，欠起身喝了口茶，说，"我也没什么打算，就是以后还想要个孩子。"

"你不是有个女儿了吗？"

"我还想要个男孩。"

我想起了他那又矮又胖又不懂事的老婆，他养着她大概就是为了这个："为什么现在不要，还等以后？"

"我现在喝酒太凶，这样生出的孩子不健康。我想等什么时候戒一阵子酒再要孩子。"

噢，没想到他还这么细心呢。

本来我还想跟他谈下去，可他却伸了个懒腰，闭上了眼睛，片刻工夫就睡着了。

时间一长，我和办公室里的同事们都搞熟了。这里的同事关系极易相处，大家没有任何利害关系可言，都是混嘛，谁也碍不着谁，说是同事，哪有什么事可同，还不如叫伙伴更确切。甚至除了孔科长有一张固定的办公桌之外，别人连固定的办公桌都没有，上班就是聚在一起玩玩、聊聊天嘛，要固定的办公桌干什么？你爱坐哪儿坐哪儿，坐别的办公室也没人管你。

张辉知道了我父亲也是军人、我也是在部队大院里长大的之后，有点把我引为同道的意思，跟我谈话动不动就是“咱们干部子弟”如何如何，还曾跟我说过“咱们干部子弟到哪儿都跟别人不一样”。我问他：“怎么不一样呢？”他想了想说：“气质，气质不一样。”我本来还想问他：“气质又算个什么东西呢？”想想这么问不太友好，另外对于他那可怜的脑瓜也过于深奥了，就没有再问下去。我想他下巴上的脓疮之所以老是不好，大概是因为他脑瓜里装的全是脓吧。

相比较而言，跟何冰谈话多少还有点内容。她大概是觉得我挺有文化，很喜欢跟我谈话，尤其喜欢跟我谈点抽象的，比如，人活着是为什么，人为什么要结婚，你相信感情吗，等等。这种谈话一多，我对她就有些理解了，显然她的生活有点空虚，她的身体也有所渴望。对此我还是同情的，不仅长篇大论地跟她谈道理，试图开导她，同时，渐渐地我也开始考虑是否要实实在在地帮她一把了。我这么说并非是我自作多情。她的确是对我颇有好感，不仅是喜欢跟我谈话，还单独约过我到她家去吃饭（她一个人住）。另外，像别人给她介绍对象这种事（最后都没成），她也要请我给她参谋参谋，好像我是她什么密友一样。有天上班，她脸色不太好，人也显得萎靡不振的，我随口问了她一句是不是身体不舒服，她没有立刻回答我。过了一会儿，当办公室里只剩下我俩的时候，她悄悄对我说，她痛经，还让我打饭的时候帮她打一下。一个女人，想必是不会对一个男人随随便便说痛经这种事吧。

当然，帮她一把在我来说不是什么太困难的事。她的模样并不难看，她那歪鼻梁和红鼻头在看惯了之后，甚至还给她那张圆脸增添了某种魅力呢。问题在于，如果我帮了她的话，她黏上我怎么办，想要跟我谈情说爱怎么办？你不能把希望完全寄托在她的理解力上，那样是很危险的。但是，我们几乎天天见面，又是吃饱了喝足了闲着无事可干，就像俗话说的“饱暖思淫欲”嘛。因而想要帮她一把的念头对我也还是有点诱惑力的，结果，好比“活着还是去死”困扰着哈姆雷特一样，帮她还是不帮她，也始终困扰着我（这种困扰一直伴随到我离开公司），使我在和她的交往中，态度也总是飘忽不定，忽远忽近。近了吧，有点害怕，远了吧，有点不甘心。像她单独约我去她家吃饭那次，我就是毫不犹豫地答应了，但刚吃完，天一擦黑，我就不顾她的挽留，找个借口溜了。

或许是我的态度也让她焦虑吧，她也想帮我一把，帮我迈出那至关重要的一步。她曾这样跟我说起，现在她对婚姻已经看得很淡了，那不就是一张纸吗，算什么呢？其实只要两人彼此有感觉，怎么样都是无所谓的。她越是这么说，我就越是怕她给我下套子，所以也就越是畏缩不前。一想到跟这么一个岁数比我大的歪鼻子老姑娘谈情说爱，就把我给吓坏了。假如她能这么跟我说：咱俩就只管睡觉，完了谁也不欠谁的，随时都可以一拍两散。那我就没问题了。但我怀疑一个女的，哪怕她的鼻子有点歪，是否会这么直截了当地说话。总之我是过分小心了。

她对我有不满是肯定的。以后那个姓孙的中年妇女私下里告诉我（自从我和姓孙的中年妇女有一次在给公司买东西时，共同贪污过一回后，我俩之间就有了一种同谋犯般的友谊），她听见何冰在老板的情人鲁科长面前说过我的坏话，说我用公司的电话打私人长途。我想起鲁科长确实跟我提起过，说如果没有什么重要的事，尽量不要用公司的电话打长途。当时我还纳闷鲁科长是怎么知道这事的呢，我怀疑过孔科长，可看看又不像，那家伙除了画表格和去劳动局，别的什么也不问。现在事情终于清楚了。但尽管如此，我并不怪何冰，相反，我的心里还怀有一种深深的内疚，我知道她这是因爱生恨哪。

后来，当我离开了亚龙公司后，有一段日子过得非常不顺：找不到工作，跟我处了很久的女朋友也嫌我无用和我分手了。那段时间我的心情很不好，有天晚上我偶然想起了何冰，想起了她对我的情意，我感到十分后悔。直到这时，我才终于下了决心，还是帮她一把吧，哪怕她就此黏上我也在所不惜了（真到了那时候再想办法把她甩掉吧。没有过不去的坎）。

我当即骑车去了她家，我还记得她住在老城区的一个小四合院里。我在院里喊她的名字，她出来了，并没有我想象中的激动人心的场面出现，这很是出乎我的预料。她应该能猜到我来的目的啊，她应该原谅她所深爱的人过去所犯的一点小错误啊。她对待我的态度不冷不热，好像把我让进屋去都不是太情愿，只在门外跟我说着话。但我不管这些，我相信只要经过一番促膝深谈，什么样的坚冰都会融化的，她埋藏在内心深处的炽热情感就会重新燃烧的。不等她邀请，我几乎是厚着脸皮硬闯进了她家。一进到屋里，我才明白了她为什么会这样待我：那个只会画表格和去劳动局的孔科长正局促不安地坐在她的床边。

开头我们三个都挺尴尬，不知道说什么好。孔科长大概觉得自己坐在何冰的床边不太合适，站起来换了把椅子坐。何冰给我倒了杯茶，问我现在在哪儿工作，我说还没找到工作。她说我辞职离开公司太匆忙了，应该找好了新单位再辞职的。我们三个有一搭没一搭地说着，只是当我问起亚龙公司的现状时，气氛才稍有好转。孔科长说公司越来越不景气了，银行贷款也越来越难了，他说我离开公司还是对的，迟早他也要离开。

“对了，”何冰突然说，“你知道姜占国的事吗？”

“姜占国怎么了？”

这一年市里兴起了房地产热，到处都在拆房建房。我们老板周亚振也不甘人后，决定涉足房地产，他是说干就干，立刻从银行大笔贷款，买下了我们公司旁边的一块地皮，这块地皮全是低矮的居民住宅，接着公司就成立了拆迁办公室，风风火火地开始了这块地皮的房屋拆迁。在公司的中层干部会议上，周亚振大言不惭地宣称：“我要为老百姓干一点好事。”言下之意他自己已经不属于老百姓了，而且他搞房地产也纯粹是一桩善举。我们老板周亚振常常会干蠢事，说蠢话，这已经不足为奇了。

“鬼屌又在瞎胡搞了，”姜占国中午来我们办公室吃饭时，嬉皮笑脸地对我说，仿佛是在说一个喜讯，“他非把公司搞垮了才会拉倒。”

“也不知道周总是怎么想的，”我说，“公司已经欠了那么多债，他还在贷款，以后拿什么去还呀。”

“这就不用咱们操心了。反正最后杀头枪毙有鬼屌，咱们就只管混，别的跟咱们屁关系也没有。”

那倒也是，这公司是周亚振的，随他去瞎折腾吧，我们照常混我们的日子。

起初，拆迁工作进展顺利，公司旁边的那块地很快就拆成了一片残垣断壁，为此周亚振很高兴，有天中午他喝完酒，趁着酒疯，带领公司干部来视察拆迁工地。他看到几个农民工抡着大锄头在砸一堵墙，便说：“你们这样干太慢，看我的。”说完他脱掉衬衣，只穿着小背心，猛跑几步，一肩膀撞到了墙上。墙还真让他撞倒了，但他的一边肩膀也像折了翅膀的鸟儿一样，耷拉了好几天。

但是没过多久，工地上就遇到了麻烦，有一户钉子户，死活不让拆。公司派人和那户人家谈了多次，就是谈不拢。那户人家提出的条件太高，公司根本无法接受。一时间拆迁工作陷入了停顿。

一天上午，我上班迟了，一到公司，就发现气氛异样，大家都在兴奋地议论着什么，找人一打听，原来是刚才干部们传达了周总的指示，下午公司全体员工出动，一起去工地拆那户钉子户（本来拆迁全是农民工在干），并且已经通知了那户人家。因为是硬拆，很可能要发生冲突，周总特别强调，无论发生任何事，都要把房子拆掉，不能让这钉子户妨碍了大局。我一听也兴奋起来，这不是要打架嘛。

中午，周总在亚龙饭店请公司全体员工吃饭，并进行了战前动员。周总说，大家放开量喝酒，想喝多少喝多少，喝完了就去给我拆房子，男的都要上，女的做支援，有负伤的赶快抬下来送医院，派出所我们也联系好了，有警察来，出了事不要你们负责，打伤了医药费公司全包。你们他妈的不是整天没事可干嘛，养兵千日用兵一时，今天就到用你们的时候了，是骡子是马给我上场遛遛。好了，就说这么多，干杯。

亚龙饭店今天不对外营业，一桌一桌坐的全是我们公司的人，每人都兴高采烈，像过节一样大吃大喝。席间大家互相劝酒，谈笑风生，但却没有人谈到吃完了去拆房这码事，好像这压根儿不值一提。菜一盘一盘地上，啤酒整捆地从后堂提出来，人人都喝得面红耳赤，可却没有人喝醉，似乎每人心里都明白，吃完了还要去干大事呢。

这顿饭吃了有一个多小时，然后撤了席，大家都没有离开，坐在椅子上等待。这时姜占国从椅子下面拿出两瓶开了盖的啤酒（不知他什么时候放在下面的），对我说："等下没你的事，你只要提着酒跟在我后面就行了，让我随时都能喝上两口。"我接过啤酒，说："好的。"潘丽在一旁悄悄对姜占国说："你当心一点哦，别逞能。"姜占国说："没事没事。"

干部们先是派了一个妇女去侦察情况，一会儿那个妇女回来说，他们那里人不多，只有几个小伙子坐在门口。周总站起来说，走，大家便一起走出饭店。到了工地上，女的都站在工地边上不走了，我们男的都随着周总继续向前走。在一块空地上，有个警察跷着二郎腿坐在一把椅子上，周总和他打了个招呼，这肯定就是派出所的警察了，他坐在这里就意味着我们的所有行动都是合法的了。我们来到一间小平房前，只见门前的空地上放着一张小方桌，五个小伙子围坐在方桌边喝茶。这时还是初夏，天气不算太热，可五个小伙子都赤着上身，下面穿着短裤，其中一个小伙子的腰后还醒目地插着一把三角刮刀。见我们来了，这五个小伙子都没有站起来，只是斜眼看着我们。方副总说，我们马上要拆房子，请你们把屋里的东西搬出来，你们要是不搬，我们就自己搬。他们都不说话，也没有人站起来，周总在一旁大喝一声，给我搬。话音刚落，五个小伙子一起站了起来，堵住了门口，那个背后插着刀的小伙子说，我今天倒要看看，谁敢进屋。我们这边有几十个人，全都拥到了门口，虽然人多势众，但面对着这几个看样子要玩命的家伙，也不知道该怎么办才好，双方都横眉瞪眼，一时僵持住了。

但只僵持了很短的时间，姜占国就站到了那个背后插着刀的小伙子面前，他低着头（他比那小伙子高出了大半个头），对小伙子说："朋友，我看到你背后有刀了，你拔出来捅我一刀怎么样，你他妈的要是有种，就捅我，我站着不动。"那小伙子呆看着姜占国，一声不吭，姜占国没再多啰嗦，伸出两手抓住他的肩膀，往旁边一甩，差点把他甩了个跟头，随后姜占国又东推西推，片刻工夫把挡在门口的其他四个小伙子都推到了一边，后面方副总便领着人拥进屋去。

屋里的家具什物陆陆续续被抬了出来，那五个小伙子有些不知所措地站在一边看着。姜占国没有进屋抬东西，他拍了拍两手，像是觉得无事可干了，走到我的身边，说，让我喝两口。我把酒瓶递给他，他对着瓶口喝起来。

屋里被搬空后，周总两手叉腰，神气活现地指挥着："你们把梯子搬过来，给我拆房子。"两架长梯子靠到了墙上，方副总领着人爬了上去，接着一块块瓦就被丢了下来，地面腾起一片灰尘。就在这时，那个背后插着刀的小伙子像是突然活了过来，转身朝周总冲了过去，另外那四个小伙子见状，也跟在他身后朝周总冲去。周总身边的人赶紧阻拦他们，彼此开始有些推推搡搡，但场面并不激烈。姜占国仍然喝他的酒，局外人似的在一边看着。很快，那四个小伙子就被我们的人三四个对付一个给围了起来，动弹不得了，只有那个背后插着刀的小伙子，几次差点冲到周总身边。这一来是他好像动了真格的，而另外那四个小伙子更像是摆摆姿态，二来也因为他背后有刀，别人对他颇有忌惮，不敢对他怎么样。同时，别人对他的忌惮也助长了他的气焰，他挥舞着手臂，越冲越来劲，仿佛在证明自己绝非等闲之辈。

周总喊道："姜占国，你过来，快过来。"姜占国把酒瓶递给我，不紧不慢地走了过去。他站到周总身前，别人不再费力地拦那个背后插着刀的小伙子了，让他冲过来，他一见姜占国立在他面前，顿时泄了气，也不张牙舞爪了，毫无反抗地任姜占国把他抓住，像扔口袋一样扔到一边，然后他似乎是为了找回一点面子，又死皮赖脸地贴上来，再被姜占国扔出去，就这样贴上来扔出去，贴上来扔出去，像小孩子做游戏一般。

第二天在全公司大会上，周总当众表扬姜占国："姜占国是条汉子，不像你们有些人，平时嘴上能得不行，动真的就尿了。"

周亚振尽管整天蠢话连篇，但这一次他说得对。同时我也明白了姜占国为什么能在公司里混到今天。周亚振不是白痴，他知道紧要关头他能依靠谁。

那天晚上在何冰家，听她说了姜占国的事。

姜占国死了。而且让我万万想不到的是，他竟是死于酒后陪朋友到泳浴中心游泳。他酒喝多了，呛了水，无声无息地沉到了池底，当被人发现捞上来时，已停止了呼吸。

那是感人的一幕

那是感人的一幕，父亲戴着老花眼镜，手里拿着放大镜，伏在桌上，一个字一个字吃力地读着《中共中央文件汇编》，半天也读不了一页。父亲老了，视力也不行了，离休后，除了《中共中央文件汇编》之外，什么都不看，他心里永远想的都是理解中央的精神，和中央保持步调一致，以免站错队，犯路线错误。有时想想，父亲也真够可怜的，一辈子都快过到头了，还念念不忘他那所谓的“政治”。当然我也明白，这不是父亲个人的问题，而是父亲生活的那个时代和环境造成的。那是一个政治挂帅，讲阶级斗争，干着解放全人类的伟大事业的时代。父亲是个军人，是无产阶级钢铁长城中的一分子，此外，他还是政治委员，政治更是他安身立命之所在。

年三十晚上，父亲破例喝了一点酒，在酒精的作用下，父亲很兴奋，跟我回忆起了过去，谈起了部队上的一些人和事，特别提到了方叔叔。

我记得方叔叔。方叔叔是政治部主任，是部队首长中最年轻的一个，他中等身材，四方脸，眼睛不大，眉毛很浓，没有其他部队首长都有的大肚子，走起路来也从不把两手背在后面。他穿着那套松松垮垮像面口袋改成的草绿色军装也显得贴体合身，军帽端端正正地戴在头上（我父亲戴的军帽总是把后面压得很低，前面的帽檐儿翘起来老高，连红五星都看不见了）。

方叔叔参加革命很晚，是抗美援朝时才入伍的，起初在宣传队里当兵，就是我们在革命战争题材的电影中，经常看到的那些在行军路上以及前线的战壕里打快板鼓舞士气的宣传队员。方叔叔是城市兵，有文化，他打的快板词都是他自己编的，因为他自编自打的快板非常有感染力，极大地鼓舞了前线战士们的士气（在上甘岭的坑道里方叔叔也打过快板呢），在抗美援朝中方叔叔荣立了二等功，并受到了上级领导的重视，被保送进了军校深造。从军校出来后，方叔叔进步很快，当干事、指导员、教导员、团政委、军分区政治部主任，一路被提拔了起来。像方叔叔这么浅的资历，就能当上部队首长，是很少见的，可以说靠的就是文化高，能力强，政治上过硬。

那时候方叔叔年年都被评为学毛选积极分子，活学活用标兵，他带的部队被评为学毛选先进集体。方叔叔做的政治报告也特别深入人心，充满了生动鲜活的例子，干部战士们普遍反映听了方叔叔的报告后，思想上的模糊认识没有了，前进的方向更清了，对毛主席他老人家更热爱了。方叔叔当上政治部主任后，还经常深入基层部队，和战士们谈心，及时了解战士们存在的活思想，然后对症下药，总结出行之有效的政治思想工作方法。对了，方叔叔作为政工干部的先进典型，还去过北京，受到过毛主席他老人家的亲切接见，和毛主席他老人家握过手呢，那是多大的幸福啊！那种幸福是现在的人根本无法理解的。现在的人想的无非是自己怎么发财，自我价值如何实现，而那时的人想的却是世界上还有三分之二的人在受苦受难，想的是胸怀祖国，放眼世界，为早日实现共产主义的远大理想而奋斗。两种境界相比，真有天壤之别。

是的，如今回想起来，过去的那个时代和现在是多么不同啊。那时我刚上小学，正赶上“文化大革命”，我们上课的第一件事就是手举红宝书（毛主席语录），在班长的带领下，全体起立，祝毛主席万寿无疆，万寿无疆，万寿无疆，祝林副主席身体健康，永远健康，永远健康。下午放学前，班上还要开分组会，每个人在会上都要发言，对照毛主席的教导，狠斗内心深处“私”字一闪念。什么叫“私”字一闪念呢？比如你想穿一件漂亮衣服，或者想跟父母亲要两毛钱买糖吃，这都是“私”字一闪念，要狠狠地斗，斗到你头脑中全是无产阶级革命思想，没有私心杂念才罢休。学生如果犯了错，像上课迟到了，作业没有按时交等，会被老师罚站在毛主席像前，这叫作向毛主席请罪。此外，一度还流行过早请示，晚汇报。早请示就是早晨起来，全家人站在毛主席像前，告诉毛主席今天自己准备做哪些好人好事，晚汇报就是到了晚上，全家人站在毛主席像前，告诉毛主席今天自己做了什么好人好事，但还有哪些不足，今后打算如何改正，等等。

我还回想起了一件挺可笑的事情。有天中午放学后，我到郊外去捉蟋蟀，一捉就捉上了瘾，忘了时间，等到想起来的时候，已经来不及赶回学校上下午的课了。旷课是严重违反纪律的，我的心里很害怕，不知该怎么办才好。忽然灵机一动，我想起了口袋里的红宝书，顿时就有了主意。我盘腿坐在草地上，拿出红宝书认真看了起来，一边看一边心里感到踏实了许多。一个七岁的孩子的逻辑是这样的：我旷课不是为了玩，而是为了看红宝书，看红宝书是好事，是应该受到表扬的，因此为了一件应该受到表扬的好事而违反了纪律，是情有可原的。

我还有个印象，我坐在草地上看了很长时间红宝书，后来风吹在身上有点冷了，可是我身上越是冷，心里却越是热乎乎的，毛主席的话仿佛一股暖流一样，流进了我幼小的心田。我越看越觉得“毛主席的话句句是真理，一句顶一万句”（这是林副主席的教导）。比如毛主席说：“下定决心，不怕牺牲，排除万难，去争取胜利。”仔细体会一下，真是这样的呢：你把决心下定了，再也不想变了，再变你就不是人了，这时你又不怕牺牲了，不怕牺牲了就是不怕死了（牺牲就是死，老师教过的），你连死都不怕了，所以你就什么都不会怕了，然后你开始排除万难——排除很多很多困难，困难都排除完了，没有困难了，最后胜利不就是你的了嘛。毛主席说得多么好啊。还有，毛主席说：“凡是反动的东西，凡是毒草，你不打，它就不倒，这就和扫地一样，扫帚不到，灰尘照例不会自己跑掉。”对这段语录，我也有了深刻的体会：我是扫过地的，地下的灰尘啦脏东西啦，你没扫之前，它就总在地下，它又没有脚，跑不掉的，你想叫它跑掉都不行，可是当你拿起扫帚一扫呢，就不一样了，它想不跑掉都不行了，被你扫掉了嘛！毛主席这是在打比喻啊，意思是对那些坏东西，你非要去打它才行，不打的话，这坏东西就老脸皮厚的，竖在那里，可是你一打呢，哈，它就倒下了。哎呀，也不知是怎么搞的，这天下午，我独自一人学毛主席的语录学得可上瘾呢，也有了很多很多体会呢。

第二天到学校，老师问我昨天下午为什么旷课，干什么去了。我理直气壮地回答，昨天下午我一直看红宝书来着。我以为这下老师要表扬我了，说不定还要让我谈谈看红宝书的体会呢，可结果却大出我的预料，老师既没有表扬我，也没有让我谈体会，相反却仍然罚我站在毛主席像前（站了一中午，因为我的错误比较严重），向毛主席请罪。当时我感到非常委屈，觉得自己没有撒谎，确实是看红宝书来的。看红宝书有什么错，为什么还要向毛主席请罪？我十分想不通。

那时无论是部队还是地方，都在流行跳“忠”字舞，向毛主席表忠心，逢到有什么活动，人人都精神昂扬地跳将起来。“忠”字舞不难跳，一学就会，也就是手拿红宝书，两臂大幅度地摆动，同时脚下大步向前，大步向后，大步向左，大步向右，结束时再摆出一个造型，弓箭步，一只手臂弯向前，齐胸举着红宝书，一只手臂平平地伸向后，象征着我们在毛主席的带领下，乘风破浪地向前进。当毛主席的最新指示发表了，那更是像过节一样，家家户户的收音机里，随处可见的高音大喇叭里，一遍一遍重复播送着毛主席的最新指示，人们敲锣打鼓、举着红旗拥上街头游行庆祝。街上锣鼓喧天，到处是红旗的海洋，人们笑逐颜开，脸上洋溢着发自内心的幸福……啊，那真是一个火热的年代。

在那个火热的年代里，人人都有理想，有抱负，都心往一处想，劲往一处使，都听毛主席的话，争做毛主席的好学生。天大地大没有党的恩情大，爹亲娘亲不如毛主席亲。毛主席是人民的大救星，毛主席还是天上的北斗星，跟着毛主席就是幸福，跟着毛主席就是胜利。大海航行靠舵手，干革命靠的是毛泽东思想。毛主席指向哪里，我们就打向哪里。东风吹，战鼓擂，现在世界上究竟谁怕谁，不是人民怕美帝（美国帝国主义），而是美帝怕人民。用我的大吊钳，推着地球转，挥手起风雷，顽石要打穿，心中想念毛主席，越苦越累心越甜。工业学大庆，农业学大寨，全国人民学解放军。日落西山红霞飞，战士打靶把营归，把营归，胸前的红花映彩霞，愉快的歌声满天飞，愉快的歌声满天飞，歌声飞到北京去，毛主席听了心欢喜，夸咱们歌儿唱得好，夸咱们枪法属第一。月亮在那白莲花儿般的云朵里穿行，晚风吹来一阵阵快乐的歌声，我们坐在高高的谷堆旁边，听妈妈讲那过去的事情，我们坐在高高的谷堆旁边，听妈妈讲那过去的事情……

方叔叔有个独生儿子，叫方小明，是我的同学，和我的关系挺好。他长得很秀气，有点像个女孩，不太爱说话，但老是围着我转，还常让我到他家里去玩。我每次去他家，他都拿出很多零食给我吃，还把他收藏的一些小玩意儿给我看，比如机关炮的铜弹壳，有机玻璃压制的毛主席像章，一个圆圆的没有边框不带把子的放大镜，等等。有一次，他不知从他家的什么地方找出一只旧的牛皮纸信封，从里面拿出很多老相片让我看。这些老相片基本上都是他父亲以前照的，有他父亲挽着袖子站在路边打快板的，有他父亲坐在小河边吹笛子的（背景好像是晚霞或者是朝霞），有他父亲在土球场上打篮球的，其中一张相片特别引起了我的兴趣。那是他父亲穿着一身带竖条的病号服，坐在秋千上，背后是一个穿着白大褂戴着白帽子的女护士在推秋千，那女护士很年轻，长得非常漂亮，两条长辫子从耳边垂到身前，脸上带着甜蜜的微笑。他父亲两腿前伸，头向后仰在那个女护士的胸前，正开怀大笑，周围似乎是个花园，星星点点开着花朵。我拿起这张相片，仔细端详，尽管我还是个孩子，可这张相片却给了我一种奇异的感觉。那个年代，男女之间的界线是格外分明的，在学校里，男生和女生之间是从来不说话的，我记得，我从小学开始，一直到以后高中毕业，没和女生说过哪怕是一句话，结果成人后，逮到第一个和我多说了几句话的姑娘，立刻就和她热恋起来，太激动了。当时孩子们是这样，大人们也就不用说了，男女之间说话稍有点滑边，有点轻佻，就会被人指责为作风不好，作风不好那是很严重的问题，非但被人看不起，还要影响进步呢（进步指的是入党提干）。不用说，方叔叔当然不会是作风不好，否则他也不可能当上部队首长，可是，我总觉得这张相片里有种我说不清的东西，或者说是与众不同的东西。我问小明，他父亲这张相片是在哪里照的，他说是他父亲以前疗养的时候，在疗养院照的，他还说，这些相片他母亲从来不让他看，是他偷偷翻出来看到的，他母亲要是知道了非揍他不可。

小明的母亲，也就是方叔叔的爱人，是一所地方医院的革委会主任（以后叫院长），她个子高高的，长脸，戴眼镜，留着齐肩短发。我不太喜欢她，她脸上从来没有笑容，说起话来轻声轻气的，给人一种不可亲近的感觉。有时我星期天在她家玩的时间长了一点，她就会说，你妈妈可能在找你吧。我即使是个孩子，也能听出她想叫我走的意思，这让我很不痛快。我觉得无论是大人还是孩子，都是应该讲礼貌的，不能赶客人离开自己的家。方叔叔跟她就不一样了，我觉得方叔叔很喜欢我，每次见了我总要摸摸我的脸，叫我小胖子，他会和我聊聊天，问问我学校里的情况，有时还让我把两手背在后面，挺起肚子学我爸爸走路的样子，然后方叔叔就哈哈大笑，说我学得像极了。事实上小明的母亲对我还算不错的，能让我在她家玩，这是因为我父亲是政委，是方叔叔的上级，也是部队的主要首长。要是别的孩子，他们父亲的职务比方叔叔低的孩子，来找小明玩，她就会板着脸说，小明不玩，你走吧。孩子们都有点怕她，不太敢来找小明玩。小明性格孤僻，很懦弱，我想这和他的母亲肯定是有关系的。

有一件事，我至今想起来还对方叔叔充满感激。说来有点不好意思，大约在我上小学三年级的时候，有段时间，我不知怎么有个坏毛病，爱偷人家东西。其实我家里条件很好，我想要什么东西只要说出来，我父母亲一般都会满足我的。可我偏要去偷，大概觉得很好玩，很刺激吧。我偷的也都不是什么了不起的东西，不过是趁别的同学不注意，翻他们的书包，偷里边的一把尺子，一支高级铅笔，或是放在铅笔盒里的一些零钱。有一次我偷了一支钢笔，丢钢笔的同学汇报了老师，因为班上老丢东西，老师也很重视，结果全班在操场上体育课的时候，老师在教室里悄悄地检查了每个学生的书包。下课时我被叫到了办公室，面对着从我的书包里翻出来的那支钢笔，我承认了是我干的，在老师的盘问下，我还承认了偷过的其他一些东西。但是，当老师要我承认，有个同学带到学校来准备交的一学期学费被人偷了，也是我干的的时候，我坚决予以否认。那的确不是我干的，我自然不会承认。老师说我态度不好，要把这事通知我的家长，还要在全校大会上宣布对我的处分。我吓坏了，要是我的父母亲知道了这事，还不定要怎么收拾我呢，另外，要是在全校大会上宣布了对我的处分，我还怎么见人啊。当时我真觉得到了世界末日，真有点不想活了的感觉。放学后，我连家都不想回了，带着小明在街上瞎转，小明听我说了这事以及将要面临的后果时，也不知道该怎么安慰我，只是默默地陪在我的身边。天黑了，我们才不得不回家。

我一夜未眠，第二天心惊胆战地去上学，可出乎我的预料，老师并没有找我，班上的同学——包括那个丢钢笔的同学，也似乎都不知道钢笔是谁偷的，更不知道我以往的劣行，同学们待我一如既往。接下来的几天，老师也没有找我，她仿佛患了健忘症，把这事完全给忘了。一个星期后，小明带话给我，说他爸爸想跟我谈谈，让我到他家去一趟。我追问了小明，这才明白是怎么一回事了。那天晚上，小明因为陪我在街上瞎转，回家晚了，方叔叔问他干什么去了，小明不会撒谎，就把我的事说了，还把我将面临的后果也添油加醋地说了。第二天，方叔叔就派了部队政治部的一个干事，专门到我们学校里，找了有关领导，谈了我的事。能够想象那个被方叔叔派去学校的干事是怎么说的：这孩子的父亲是我们部队的主要首长，这事如果传出去，有损首长的威信，影响很不好，希望学校方面不要处理他了，也不要扩散，至于这孩子，我们会教育他的。既然部队上为了我的事专门派人来谈了，学校方面考虑到军民鱼水情，也就让这事不了了之了。我还记得在方叔叔家，方叔叔对我说的话，他仍然叫我小胖子，温和但稍有些严肃地看着我。他没有跟我说什么大道理，只是说，我不会把这事告诉你父母亲的，但你要向我保证，以后再不要拿别人东西了，好吗？方叔叔没有说“偷”，而说的是“拿”，当时我什么话也说不出来，只是满脸泪水地点了点头。以后我再没有“拿”过别人的东西了。

我们大院的食堂里有个炊事兵，叫张双喜，这人脑子有点问题，除了烧饭之外，一有空就唱样板戏。他唱样板戏不是唱着玩儿的，而是一板一眼很认真地唱，还刻苦地钻研唱腔唱法，唱的时候还必端上架子，台风十足。这张双喜大概是觉得当伙夫没什么大出息吧，想靠唱样板戏唱出点名堂来，真是想好事呢。一个火头军，不老实烧饭，总在那里拿腔拿调地唱样板戏，时间一长，大家都知道他脑子不正常了，都爱逗他取乐儿。有人对他说，他的样板戏唱得好极了，迟早会被调到宣传队去，演英雄人物，将来会红遍全中国的。他便信以为真，越发地勤学苦练起来，成天躲在食堂的仓库里，像头发情的公驴似的吊嗓子。有人从彩色画报上剪下了一张东方歌舞团某著名女演员的相片，对他说，这个女演员听说了他的事迹，爱上了他，想和他谈对象，特地托人把自己的相片捎来给他，问他愿不愿意？这种荒唐话张双喜也相信了，激动得不行，把女演员的相片用镜框镶起来，放在自己的床头，逢人便说自己的对象是北京的著名女演员，而且不久就要来部队看他了。那时无论是干部战士还是家属，甚至像我们这样的小孩子，见到张双喜了都要逗逗他：“喜子，来给我们表演一段。”一听这话，他会立刻丁字步站定，两手端起架势，唱将起来。有人又对他说，以他现在的唱功，完全可以调到宣传队去了，不应该继续当炊事兵了。宣传队归政治部管，政治部主任是方叔叔，人家就建议他直接去找方主任谈谈，主动申请调到宣传队去。

按说，一个当兵的要想找首长谈话，那是很不方便的，部队里等级分明，不是你想找谁谈话就能谈上的。可这张双喜因为是个火头军，有着得天独厚的有利条件，只要方主任来食堂吃饭，他便有谈话的机会了。食堂分为三个灶：职工灶，军官灶，首长灶。首长灶是只供首长和首长家属吃的。我吃饭的时候，见过好几次，张双喜畏畏缩缩地走进首长灶来找方叔叔，别的首长见了他都会跟他开开玩笑。“喜子，最近唱得有没有进步啊？”“喜子，北京的对象来了没有？”但是我从没有看见过方叔叔跟他开玩笑，方叔叔总是让张双喜在他旁边的椅子上坐下，很认真地跟他谈话：喜子，你是党的战士，党的战士就要听党的话，现在党需要你当炊事员，你就应该当好炊事员，为革命烧好饭。唱样板戏，演英雄人物，为的是什么呢？为的就是学习英雄人物的革命精神，做好本职工作……有时，上士（以前食堂里的头儿的军衔为上士，后来把管食堂的都叫上士）怕张双喜影响首长吃饭，会慌慌张张地跑来，训斥张双喜，让他赶快离开，方叔叔就会摆摆手，对上士说，没关系，没关系，我和喜子谈谈。

不久在别人的调笑逗弄下，张双喜的病情开始加重了，成天到大院门口去接北京来的女演员，也就是他想象中的自己的对象。只要看见一个他不认识的姑娘从大院门口进来，他就要问人家是不是从北京来的，如果那姑娘长得漂亮的话，即使告诉他不是从北京来的，他也不相信，反复对人家说，自己是张双喜，就是那个唱戏唱得很好的张双喜，把人家搞得哭笑不得。恰好，这时部队里一年一度的复员转业工作开始了，有关方面就准备让张双喜复员，方叔叔知道后（他吃饭时专门把上士叫来了解了张双喜的情况），亲自指示暂缓让张双喜复员，先把他送进地方的精神病院治病。方叔叔考虑得很周到，张双喜是农村兵，复员回乡后如果再治病的话，就得自己掏钱（农村是没有公费医疗的），那对于一个农村家庭来说将是很沉重的经济负担。而张双喜如果没有复员，他治病所需的费用则完全由部队负责。一个军分区首长如此关心一个普通战士，是很感动人的，也充分体现了我军干部关心战士的优良传统。

后来，党和国家出了大事，林副主席搞政变，想要谋害毛主席，抢班夺权，阴谋败露后，又仓皇出逃。毛主席说，天要下雨，娘要嫁人，去就让他去吧。结果他就去了，摔死在蒙古的温都尔汗。紧接着，军队系统便开始清查林彪的死党，方叔叔的问题也就在这时暴露出来了。当然，像方叔叔这种小干部（相对而言），是轮不上做林彪的死党的，可他却给林彪的一个死党写过好几封信，信的大致内容是表达自己对敬爱的林副主席的无限崇敬之情，以及对部队政治思想工作的一些建议。

那个死党并没有给方叔叔回信，大约是嫌方叔叔官太小了，给这种小毛耗子回信有辱自己的身份。但尽管如此，方叔叔已经是站错了队，犯了路线错误。

方叔叔为什么要给林彪的死党写信呢？不得而知。猜测大概是有点野心，想背靠大树好乘凉，想升官升得快一点。按说方叔叔的官升得也算快了，要是按这个趋势正常升下去的话，到了七八十岁，也能捞个像样的大官当当。可他却等不及了。这就是他的不对了，哪能老想着当官呢，应该多想着为人民服务嘛。官无论大小，都是人民的公仆，都应该像雷锋同志那样，甘当革命的螺丝钉，拧在哪里就在哪里闪闪发光。

方叔叔犯错误后，就被停职审查了，这一审查就审查了好几年。其实也没什么可审查的，错误嘛就是这么个错误，再没有发现其他的错误了，说是审查，其实也就是等上面给定个性，到底是人民内部矛盾呢，还是敌我矛盾。要是敌我矛盾，没什么可说的，开除军籍回家乡，接受地方政府的监督改造。要是人民内部矛盾，降职降级，然后提前退休，官自然是没得当了。我父亲还有其他几个部队首长的意见，是把方叔叔按人民内部矛盾处理，不过我父亲他们只有建议权，没有决定权，决定权在上级部队党委。

在方叔叔被停职审查的那几年，我很少见到方叔叔了（我父母亲也不让我到他家去玩了），他总待在家里不出门，偶尔在天黑之后，他会到大操场去跑跑步，锻炼一下身体。有一次我路过他家，听见方叔叔在家里唱革命样板戏：

适才听得司令讲
阿庆嫂真是不寻常
我佩服你沉着机灵有胆量
竟敢在鬼子面前耍花枪
若无有抗日救国的好思想
焉能够舍己救人不慌张
……

我也很少见到小明了，他转了学，还住了校，即使有时在院子里碰上我，也只是冲我点个头就过去了。我挺可怜他。从我内心来说，我对他并无偏见，他父亲的事归他父亲，与他有什么相干，我们依然可以做好朋友啊。但他却显然不是这么想的，或者可能是他父母亲不准他和院里的孩子来往了。

再后来，方叔叔就出事了。

那件事说起来，跟方叔叔的爱人有很大的关系。

一天，方叔叔的爱人鲁阿姨正在上班（前面说过，她是医院的革委会主任），医院门诊部的一个小护士领着一个男青年走进了她的办公室，小护士介绍说这个男青年是自己的男朋友。此前，这个小护士已多次来找过鲁阿姨了，说自己身体不好，不能胜任门诊部的繁重工作，要求调到住院部去，鲁阿姨一直都没有答应。这次她以为这个小护士带着自己的男朋友，又是来求情想调动工作的，可没想到那个男青年二话不说，一开口就要求鲁阿姨立刻给自己的女朋友调动工作，否则他们就要控告鲁阿姨的爱人，控告他干下的一件见不得人的丑事。他话的意思很明确，是想公了还是私了？公了法庭见，私了立刻给调动工作。鲁阿姨一听就来火了，首先她大概不相信自己的爱人会干出什么丑事，其次她也不能容忍别人威胁自己。再说了，鲁阿姨可能还这么想，自己的爱人是个军人，又是住在部队大院里，他跟这一对青年男女能有什么关系，他们又怎么能知道他的什么丑事？不是纯粹胡说八道嘛。所以，她甚至都没有想到问问清楚那是一件什么事，就马上指着门，让他们立刻出去，让他们想干什么就干什么去。结果他们就上了法庭。

事情是这样的。一天晚上，那个小护士独自来到方叔叔家，想找鲁阿姨再谈谈调动工作的事，可鲁阿姨恰好不在家，出去洗澡了。家里只有方叔叔一个人在喝酒（小明住在学校里），方叔叔当时喝得可能已有几分醉了，他和那小护士东拉西扯地说了一阵话，然后就开始动手拉她……

分歧就在这里。小护士说，方叔叔把她拉进卧室，按倒在床上，就开始扒她的衣服，要不是她拼命反抗，险些就被方叔叔给干了。

方叔叔说，他拉了她一下是不错，不过他只是觉得这女孩子挺可爱，想拉她过来一起喝喝酒，可是她不愿意，他也就算了，并没有勉强她。至于什么把她拉进卧室，按倒在床上，扒她的衣服云云，完全是无稽之谈，是根本没有的事。方叔叔还特别强调，说自己是阳痿，压根儿干不了那事，他说这一点他爱人可以证明。

法庭就方叔叔的话找鲁阿姨做了调查。鲁阿姨是这样说的：他确实是阳痿，一般是不行的，但在喝过酒以后，也不是绝对不行。鲁阿姨的话或许对法庭产生了重要的作用，方叔叔被军事法庭以强奸未遂罪，判了刑。

鲁阿姨为什么要这样说呢？难道鲁阿姨和方叔叔感情不好，甚至恨方叔叔，希望方叔叔被判刑吗？这显然是说不通的。那么唯一合理的解释可能就是，鲁阿姨作为受党教育多年的干部，时刻牢记着党所提倡的："做老实人，说老实话，干老实事。"结果面对法庭的调查，鲁阿姨就异常诚实地回答了问题。

方叔叔服刑期间，鲁阿姨并没有和方叔叔离婚，若干年后，方叔叔刑满出狱，鲁阿姨和方叔叔一起回方叔叔的原籍老家定居去了。鲁阿姨的行为证明了她对方叔叔的感情很深，证明了她对爱情的忠贞不渝。

小明高中毕业时，主动申请下放农村当了知识青年（本来小明作为独生子女，按照政策是可以不下放的），接着又找了个农村姑娘结婚。知识青年回城后，小明进了一家工厂当工人，听大院里跟小明有接触的人说，小明因为老婆没有工作，一家人生活得挺困难。

“唉，”父亲喝了口酒，长长地叹了声气，“方主任可惜了，可惜可惜。”

我从父亲的叹气声中，似乎听出了某种满足感。是呀，比起方叔叔来，父亲这时一定觉得自己的一生是幸福的。

去年秋天

去年秋天，我应一个导演之邀，去北京写一部有关都市白领的电视连续剧。

这部电视连续剧的框架是模仿美国电视连续剧《欲望城市》（据说《欲望城市》在美国极受欢迎，收视率高居榜首），也就是在每集四十五分钟之内，穿插四个完全不同的故事，但每个故事之间又有内在的联系。内容嘛，是围绕四个都市白领女性展开的。这四个都市白领女性彼此是好朋友，年龄从二十岁出头到三十岁不到，都单身，但性格迥异，都漂亮，但又各有其迷人之处。她们的共同点还在于，都不缺钱花，都有独特的气质，都有不俗的品位。不同点呢，是她们对待金钱、爱情、价值观、性、男女之间的友谊各有各的看法和行为。这就产生了对比鲜明、反差强烈的故事。故事的发生地点都是在高尚住宅区、私人别墅、度假村、豪华饭店、酒吧、舞厅，以及其他一些高档的消费场所。除了反动、黄色、乱伦、同性恋的故事不能写之外，什么样的故事都可以写，只要符合各人的身份和性格就行。

导演信心十足地对我说，这部剧出来后会轰动全国，因为无论是形式还是内容，国内还没有类似的电视连续剧，而且所反映出来的生活，无疑对都市青年有着异乎寻常的吸引力。剧中的人物，性格、语言、价值观，都应该体现出某种前卫性、先锋性，一句话，应该起到一种引领都市生活新潮流的作用。导演描绘出的前景，虽然极大地激发出了我的创作热情，但是当我真正开始动手干活儿的时候，才发现其难度之大实在出乎我的预料。

根据合同，我应该先写十集出来，通过后，拍出来了，达到了预期的效果，我再接下来写够三十六集。那么，先写的十集，就需要有四十个故事。这四十个故事，并没有谁给我准备好，完全要靠我自己想出来。且不论写了，光想这四十个故事就够呛了。要知道，这四十个故事并不是随便什么偷鸡摸狗、贪污腐化的故事就行了，而是要四十个都市白领女性的故事，要符合她们身份和性格的故事。我又不是都市白领女性，我哪儿知道她们会有什么故事。没有一点生活的影子，全靠想象力了，再有就是翻报纸和杂志（找出沾点边的故事加以改头换面）。但在此之前，我还要先给这四个都市白领女性的身份和性格定好位，然后才能根据她们的身份和性格，开始编造和选择故事。我是这么给这四个都市白领女性的身份和性格定位的：

夏雪晴，某著名时尚杂志的高级编辑，二十九岁。文静，有主见，善解人意。穿着以高品位休闲服为主，讲究名牌。基本不化妆。性生活方面不乱搞。有婚史，经历过一次失败的婚姻，渴望温馨的家庭气氛，同时又希望保持住自己独立自由的生活状态。因其个性特点接近于传统的所谓贤妻良母，所以其不结婚而同居的生活方式尤其显得引人注目。

向茹，某外资公司主管，二十八岁。凡事随大溜，话语少，但有时突然有见解，有幽默感，偶尔也显得比较笨。永远穿套装，不上班也这样。始终保持一种白领的职业形象，举止得体到位。性观念保守，宁可选择和有妇之夫恋爱，也不轻易和追求她的人上床。曾出国若干年的经历使她对国内的环境和生活习惯有时格格不入。工作作风利落爽快，在选择男友上却一直举棋不定。

殷红，某投资公司高级职员，二十六岁。属于风头很健的女人，略有神经质，生活中运气也好。喜欢乱出主意，老觉得自己聪明，自我感觉良好，但关键时刻容易犯糊涂。形象艳丽，服装别致，能自己设计形象，大学里学的就是相关专业。性感，喜欢挑逗男人，但实际性行为却不多，缺乏经验，因此常常陷于莫名的焦虑和困惑之中。对男人了解很少，有概念化的毛病。

王晓，电台音乐节目主持人，二十二岁。青春型。一种看起来对什么都无所谓的人。活泼但不会穿衣服，缺乏色彩感。化妆新潮有特点，如抹黑口红等。生活中也经常尝试新花样。性生活方面比较随便，可以在合适的情况下和任意的男人上床，但心中始终渴望并一直寻找着爱情的温暖，问题在于她永远无法找到一个能让她心满意足的男人。

按照以上人物的身份和性格，这四十个故事我差不多构思了半个月。不容易呀，故事既要合情合理，起伏跌宕，妙趣横生——按照制片人的说法就是要“出彩儿”，还要考虑到故事之间的逻辑关系，发展轨迹，不能前后矛盾——这也是一件非常让人头痛的事情。简单说，比如这一集中，一个女主人公家里兄弟姐妹多得像一窝猪仔，另一集中她就不能又成了父母亲的一根独苗。这一集中一个女主人公跟一个男人疯狂地恋爱上了，另一集中就不能什么铺垫也没有，又让她跑到了下一个男人的床上。总之，除了故事本身之外，厘清前后的逻辑关系就足以让我手忙脚乱的了。有时仅仅因为逻辑关系出了问题，一个费了半天劲想出来的故事就只好放弃。后来我想出了一个办法，把每个女主人公的社会关系、家庭成员、亲戚朋友、恋人、情侣、奸夫，以及派生出来的人物，分别制成一张表，挂在墙上，这样一来，逻辑关系方面才没有再出什么大问题。

有了故事后，接下来就是写了。我白天黑夜地和我虚构出来的四个尤物纠缠在一起，连做梦都和她们有关。我流连忘返于高尚住宅和私人别墅中，吃着我连名字都叫不周全的美味佳肴，我在豪华饭店、度假村、酒吧，以及诸如此类上流人物经常光顾的场所尽情狂欢，我乐此不疲地调情、通奸、谈恋爱。我与人海誓山盟就像放屁一样随便。我操着最时髦的港台语言，举止之间顾盼生辉。我足不出户地写了一个多月，累得半死，这还不算，最让我难以容忍的是，其间我还要不断地按照投资方、收购方、制片人、导演的意见不停地修改。我没有料到，写剧本这回事竟然会是这样，谁都有权利指手画脚，唯独编剧什么权利也没有。而且好像还除了我之外，他们谁都对都市白领女性了如指掌似的。我不懂，他们既然如此聪明能干，为什么他们不自己动手写呢？有时我按照一个人的意见这么写了，另一个人看过后又提出了相反的意见，如果他们之间经过沟通没有异议的话，我就得按照相反的意见重新再写一遍。妈的，我差点让这些家伙折腾疯了。不过谢天谢地，我最后总算是完成了，通过了，拿到钱了。同时我还暗自下了决心，前十集拍出来后，再怎么好，后二十六集我也不写了，给再多的钱也不写了。让他们另请高明吧，我已经够了！

在从北京返回的列车上，我的心情十分愉快。吃中饭的时候，我特地到餐车里，点了三个菜，要了两瓶啤酒。餐车里干净明亮，没几个人，桌上铺着雪白的桌布，菜也炒得清清爽爽。我一个人坐在一张桌子旁，一边吃喝，一边欣赏着窗外的景色。小树林里阒寂无人，地下落满了红黄色的枯叶。一条河在远处蜿蜒，闪烁着耀眼的白光。一条狗在田埂上溜达，东嗅西闻，忽然又跑了起来。几个乡下姑娘在一条土路上骑着车子，彼此还谈着什么。啊，将近两个月了，现在我才真切地意识到，我终于彻底摆脱掉了那四个我虚构出来的高雅的人儿了，摆脱掉了那让我讨厌透顶的投资方、收购方、制片人、导演。我又要重新回到我熟悉的生活中去了，见到我那些亲切的老朋友了。我感到了一种从未有过的轻松。

一个穿着列车员制服的姑娘，推着一辆小车从餐车那头过来了，我看着她，似乎觉得她有点像谁。可到底像谁呢？我想了想，啊，想起来了，她有点像我虚构出来的那个叫夏雪晴的姑娘，端庄得体，神态稳重。跟另外三个我虚构出来的姑娘相比，夏雪晴是我比较偏爱的，我最讨厌的是王晓。我暗自觉得好笑，看来这四个高雅的人儿跟我相处了将近两个月，对我还挺有感情呢，要想彻底摆脱掉她们还不太容易。那个姑娘推着小车走到我面前停下了，车上全是套着玻璃纸的袜子。她对我说，这是亚麻布的袜子，耐磨，不臭脚，是一种新产品，只要五块钱一双，先生买不买？我好奇地看着她，买了一双。她走后，我把袜子塞进口袋，就当是夏雪晴送给我的礼物吧，也算是这次当编剧的一个纪念。

快吃完饭的时候，我开始不经意地想起了另一件事：我要不要在山东某县下车，会一会老同学龚平呢？

火车正好经过那里，也停车，如果下去的话，签个票，很简单的事。龚平是我大学的同学，我们一个宿舍里住了四年，关系还不错。大学毕业后，龚平分回他的家乡山东某县，当中学老师，从那以后，我们就再没有见过面了。联系还是有的，他给我写过信，也来过电话，叫我有空一定到他那里去玩玩。我当然是不会专程去他那里玩的，即便是这次经过他那里，而且临出家门我还把他的电话号码也带在了身上，可大体说来，我还是不太倾向于去他那里。我这人不太喜欢叙旧，彼此唏嘘感叹一番，有什么意义？过去的事情并不因为回忆而变得就更有价值了，只有没用的人才喜欢沉浸在回忆中自我感动。

但是，当列车抵达山东某县，列车员报了站名的时候，我在最后一刻还是下了车。也许是在北京这将近两个月的时间里，我太辛苦了，现在想随便找个由头玩一下。会会老同学，胡乱聊聊，再看看他过得如何，或许是个不错的选择。这会儿是下午，我在车站往龚平的学校打了个电话，他在电话中对我的突然到来大吃一惊，不停地说着哎呀哎呀哎呀，一连串的哎呀过后，他叫我不要离开车站，他马上就过来接我。

大约二十分钟后，龚平来了。他头发向后梳着，人比过去黑了，也发福了，脸上还看不大出，可肚子却微微隆了起来，还有，让我有些意外的是，他竟然穿着一件宽大的蓝色中山装，这种衣服我已经好多年没看人穿过了。见了我，他一边嘿嘿笑着上下打量我，一边拍打着我的肩膀，说我几乎什么变化也没有，还像个小伙子。我说你除了肚子大了点，也没太变啊。他说不行喽不行喽，我哪能跟你比呢。接着他抢过我的旅行包，说咱们走吧，我家离这儿不远。

我们出了车站，立刻有一些蹬人力三轮车的人过来揽客，我们回绝了，沿着一条脏兮兮的马路朝前走。马路年久失修，有的地方坑坑洼洼的，一辆汽车驶过，扬起一片灰尘。街边大多是陈旧的矮楼房，丑陋晦暗，其间还夹杂着一些青砖灰瓦的老式平房，房顶上长着瓦楞草。店铺一家紧挨一家，门面都不大，卖什么的都有，还有农民摆着担子坐在人行道上卖菜，小饭馆门前架着铁炉，上面的平底大锅里摊着像锅盖那么大的圆饼。看着街上的景象，我想要是拍一部反映过去年代的影片，这里倒是个不错的外景地。我和龚平边走边谈，他问了我怎么会突然来的，我简单地说了几句。然后他就向我介绍起了这县城的情况，介绍起了这县城的过去、现在和将来。他的介绍明显带有一种故作自豪的味道，好像生怕我看不起他的家乡。按照他的介绍，不难推测，随着改革开放的深入发展，随着宏观经济的合理调控，要不了多久——我想顶多三五百年吧，这县城将成为黄河中下游平原上一个繁荣昌盛的国际大都市。我们穿过这未来的国际大都市的一个十字路口，再往前走不多远，拐入一条小巷。

龚平的家在一个大杂院里，这大杂院以前可能是个祠堂，或是什么大户人家居住的，门楼又高又大，两扇木门油漆剥落，一边还有一个大铁环。院里大约是后来又建了一些平房，再加上有的人家自己用油毛毡子之类的简易材料接出来的小披子，完全改变了原来的格局。走进去这里拐一下，那里绕个弯，有的地方看看没路了，走到近前才发现旁边还有个小过道。龚平的家是一间长形的房子，房顶是倾斜的，很高，上面还有一扇天窗。房中间用三夹板隔了一道一人多高的墙（没有隔到顶，上边是相通的），把房间一隔为二，外边作为起居室，里边是卧室。屋里很乱，长沙发上扔着衣服，方桌上摆着没洗的碗筷，茶几的上下两层堆满了书、报纸、茶叶罐、烟灰缸、杯子、钢笔、剪刀之类杂七杂八的东西。我走到卧室门口探了探头，里面窗帘拉开了一角，半明半暗，式样陈旧笨重的大衣橱和五斗柜沿墙放着，一张双人床一头挨着墙摆在卧室中央，床上被子没叠。

龚平把长沙发上的衣服捡到一边，招呼我坐下，又把茶几上的东西理了理，空出个地方，给我放了杯茶。他在我的旁边坐下，我们抽着烟，聊了起来。不知是否因为见了我很兴奋，他的话特别多，似乎迫不及待地想让我对他的状况有一个大概的了解。

他告诉我，因为家里地方小，他的孩子住在爷爷奶奶那儿（在县城的另一头），不常过来。老婆项华在县党史办上班，工作很悠闲，是他托一个有势力的朋友把她弄进去的。而他所在的中学，是全县最好的中学，在这所最好的中学里，他是教学骨干，本来去年就要把他提拔成语文组组长，后来大概因为他不是党员，再加上主管副校长和校长之间矛盾很深（他跟主管副校长走得比较近，别人就误以为他是主管副校长这边的人了），所以没有当成语文组组长，不过组长的位子还是空着的，显而易见是给他留着的。今年初他已经入了党，跟校长的关系也密切了许多，因为在几件事情上他暗中撑了校长的场子，帮了校长的忙，而且也没有得罪主管副校长。他估计自己很快就要当上组长了，只要当上组长，高级职称解决起来也就容易多了，有了高级职称，钱啦房子啦什么的就不用烦了。但是现在他还得小心，注意在主管副校长和校长之间保持平衡，接着他又不厌其烦地跟我说起主管副校长和校长之间矛盾的来龙去脉。我一面听他说着，一面在心里感到无比厌倦，这么多年过去了，我们的变化是多么大啊，关心的东西也是如此地天差地别。他津津乐道的这些玩意儿，在我看来简直一钱不值。还有一点让我感到奇怪的是，他怎么变得这么自我中心呢，怎么能断定我会对他的这些琐事感兴趣呢，否则他怎么会不顾我的感受，如此投入地谈上这么半天？甚至当我在他说话的间隙，有意把话题扯到别的老同学身上时，他也只是敷衍几句，又固执地把话题拉回到他自己身上。

门响了一声，开了，项华走了进来。她上身穿一件红色的毛衣外套，下面是一条黑色的紧身踩脚裤，头发微微烫过了，披散在肩上。虽然她已经四十出头了，可是看得出来，她还是很注意打扮的，这和龚平形成了鲜明的对比。她比过去丰满多了，胸脯耸得老高，大腿也圆滚滚的，在我的记忆中，从前她脸上似乎有一些淡淡的雀斑，现在也不见了。项华也是我和龚平的大学同学，但和我们不是一个系，她是新闻系的。她和龚平是毕业那年开始谈恋爱的，我也就是那时候见过她几次，和她不算太熟，当年她给我的印象好像不太爱说话。毕业时，项华本来是可以留在市里的，有一家她曾去实习过的报纸愿意要她，可是为了爱情，她义无反顾地跟龚平回了他的家乡。

看看谁来了，龚平冲她喊道。什么谁来了，她冷漠地扫了我一眼，显然并没把我认出来。你怎么还不烧饭，她大声训斥着龚平，你不知道我晚上有事吗？

是我呀，项华，不认识了吗？我说。她重新扭过头来打量着我，很快，她的脸上露出了激动的神情。呀，是你，你怎么会来的？真不好意思，不好意思，没有认出你，想不到你会来啊，对不起，对不起。她一屁股坐到长沙发上，急切地询问起我怎么事先连招呼都没打就来了，要不然他们也好准备准备。还没等我回答呢，她又对家里的零乱表示道歉，并再次训斥龚平也不把家里收拾一下，还有，既然我来了，他为什么不往她的单位打电话通知她，好让她提前回来。她说话很快，我想插也不插上，等她稍微安静下来一点后，我告诉她，我这次是在北京写电视剧本，时间很紧，本来是没工夫来的，可是出于想见见老同学的心情……她对我说的很感兴趣，问我写的是什么样的剧本，里面有些什么样的人物，什么时候开拍，哪个台播放等。自从项华进来后，龚平就不太说话了，他在一边听我们说着，偶尔给我续茶递烟。过了一会儿，他说，你们聊，我去做饭。项华说别做了，等下去饭店吃。龚平说还是在家里吃吧，菜都是现成的，做起来不费什么事。我也说，在家吃吧，这段时间我在北京吃腻了馆子，真想吃点家常饭呢。

龚平起身出去做饭后，项华又详细地向我打听我的生活情况、写作情况，并一再要求我回去后把我的作品寄来看看。她和我聊了一会儿，又风风火火地出去买了几样卤菜和两瓶白酒，回来后一边和我说话一边收拾家里，她的动作很麻利，一转眼就把家里收拾得井井有条。她还在卧室里打了个电话，我听到她说，不去了不去了，来了个老同学，我一定要陪的。她从卧室出来，我对她说，你有事就去吧，不用陪我的。她说哪有什么事，是跳舞，我每天晚上都去舞厅跳舞，反正在家也闲着没事可干，今晚上不跳了。

龚平炒好了菜，从厨房一盘盘端了进来，我们三个人在方桌旁坐定，项华给每个人斟上酒，她举起酒盅说，来，干杯。

这时天已黑了。一盏白炽灯悬挂在把房间隔开的三夹板上边，以便同时给两个房间照明。因为房顶高，灯光显得昏黄暗淡，给屋内罩上了一层朦胧的光影。菜不是同时炒的，有的已经凉了，有的略略冒着点热气，外面的院子里传来了放自来水的声音，一个妇女在和谁说着什么……在这陌生的小县城，在这旧式的房子里，和两个多年不见的老同学坐在一起，我的心里忽然产生了一丝凄凉寂寞之感，这感觉让我的情绪有些低落。

龚平依然不太说话，似乎是在项华回来以前，他把该说的都已经对我说光了，此刻在饭桌上仿佛成了一个无关紧要的陪客。相比之下，项华显得格外活跃，而且还是好酒量，一盅一盅地和我干杯。她和我谈我们共同认识的一些老同学的情况，谈文学，感叹一去不复返的青春时光。龚平默默地在一边抿酒吃菜，脸上的表情有些木讷，偶尔简单地和我说上一两句话，就又没了下文。看着龚平这么一副蔫头蔫脑的样子，我不知怎么想起了从前的一件事。

上大学的时候，有天晚上，我们同宿舍的几个男生闲着没事，凑钱买了些啤酒来喝。喝到高兴处，我们谈起了女人——这是我们百谈不厌的话题，我们谈到新婚之夜每个人准备怎么过。那时我们都是处男（这在那个年代是很正常的），因而对男女之事充满了向往。所谓新婚之夜，对于我们来说，就是告别处男的意思。有人说，那天夜里，他要干五次。有人说要干八次。还有人说，要把闹钟拨到半小时一闹，钟一响，就要干一次。轮到龚平说的时候，他说你们他妈的也太没用了，跟你们直说了吧，那天夜里，我放进去就压根儿没打算再拿出来。我们哄堂大笑，天哪，他也太厉害了。

龚平从前就酒量有限，现在还是没有长进，我们三个人，他喝得最少，可是脸已经发白了，站起来准备上厕所的时候，身体还有点摇晃。我站起来，陪着他一起去上厕所。厕所在院子的角落，是公共厕所，里边没有灯，黑乎乎的，臭气熏天。我们并排站在水泥砌的小便池前撒尿，我低声问他，龚平，你和项华的关系怎么样？他扭过头来，目光在黑暗中一闪。挺好的，他说。我没有再说什么。

十点钟我们结束了晚饭，这时候发生了一件令我颇为尴尬的事，龚平和项华竟然为我在哪里睡觉争执了起来。龚平的意思，把我送到县教委招待所去，那里条件不错，住得舒服一些，而且又不远。项华却想让我就住在他们家里，睡在外边这间屋的长沙发上（长沙发放下来是一张床），她的理由是我这个老同学好不容易才来了一趟，住在家里可以多聊聊天，再说我也不是外人，何必这么晚了再出去住招待所。两人争执得挺激烈，吃饭以来一直不吭不哈的龚平，这会儿不知是否因为喝了酒的缘故，面对疾言厉色的项华，也高声大嗓起来。这突如其来的争执让我手足无措，不知该说些什么，只好软弱无力地劝说着。别争了别争了，一点小事，一点小事，别争了，我随便睡哪里都不要紧的，你们别再争了。可是我的劝说无济于事，两人继续争执，项华开始被龚平的态度激怒了，破口大骂他是不近人情的东西。眼看场面就要失控，无奈之下，我拎起我的旅行包，说你们别再争了，去招待所吧。我率先向门口走去。这下两人都不说话了，跟着我向门口走去。

我们出了院子，走到街上，龚平领头，一路上我们都没说话。街上冷冷清清，没几个人，尽管才十点多，可沿街的店铺都已关了门，好像已是深更半夜。我们走了大约十几分钟，来到一栋二层楼前，龚平敲开一扇门，和一个中年妇女说了几句话，那个中年妇女领我们走了进去，上到二楼，打开一间房门，拉亮了灯。房内有两张单人床，一张木桌和一把椅子，那个中年妇女离开了一下，回来时手里拿了一只红壳子塑料水瓶，她把水瓶放到桌上就走了。龚平对我说，住在这里还行吧，我说蛮好蛮好，你们回去吧。项华把水瓶盖子打开，伸手在瓶口试了试，她恶声恶气地对龚平说，水都不热，龚平没有吭声。我说没事的，我不喝水，你们回去吧。项华说，等下我从家里拿一瓶水给你送来。我说千万不要送了，我用不着的。她说你别管了。

他们很快就走了。我关上门，坐到床上，心里真是有点懊丧，后悔这次来看龚平，我怎么会多此一举呢，否则我现在都快到家了。我决定明天一大早就离开，这里我是再也待不下去了。我考虑着离开前该怎么和龚平、项华告别，是打个电话去他们家呢，还是在招待所留张条子（这样做好像有点不太礼貌）。反正无论如何我是不想再去他们家了。

有人敲门，项华提着只铁壳水瓶走了进来。我说你还真送来了，谢谢你了。项华把水瓶放到桌上，一屁股坐到我对面的单人床上，像是有什么话要说。

今天对不起你了，她说，不好意思。她显然指的是她和龚平为了我在哪里睡觉而争执的事。

没关系的，我说，老同学了，又不是什么客人。

真的很对不起你，她又说了一遍。

别说了，没事的。

她沉默了，我看她没有要走的意思，就说，时间不早了，你回去吧，要不龚平会不放心的。提到龚平似乎又勾起了她心中的怒气，她说，那家伙酒喝多了，回去后就上了床，打起了呼噜，跟头猪似的。我说龚平酒量不大，今天确实多喝了一点，你别跟他计较。她没有搭理我这句话，偏过头去看着一边，像是思考着什么，然后转过头来看着我，说，你还不困吧，我想跟你谈谈，可以吗？我说当然可以了。

她谈了起来。她大概压抑了很久，终于找到一个人可以谈谈了，这一谈起来就没完没了。老实说，我在各种场合，听到过不少人谈论自己那平庸无聊、令人窒息的婚姻生活了，对此我已基本麻木，没有什么感觉了。我一边装出一副认真听她谈的样子，并给她一些安慰，一边在想着她什么时候能够谈完离开，好让我睡觉。我有点累了，在火车上就没有休息好，晚饭酒又喝多了，昏头昏脑的，但是项华却显得毫无倦意，仍然在那里一个劲儿地说着。

有一次，项华说，龚平跟踪我到舞厅，并在舞厅大吵大闹，硬要拉我回家，结果我们就在舞厅打了起来。我实在气极了，就用水果刀扎了他的屁股。从那以后，他就再也不敢干涉我去舞厅跳舞了。

好一个刚烈女子，我想。像这样的刚烈女子，如果是在过去的时代，没准儿能成为一个贞女节妇呢。我叹了口气，问她，你们怎么不离婚？

他不肯离，项华说，我跟他提过好几次了，他就是不肯离，跪在地下求我不要离婚。

我不知道龚平是怎么想的，这种生活他怎么还能过得下去。

不离就不离，她又说，反正我在外边有情人。

你有情人？

是的，是在舞厅认识的。

龚平知道吗？

我才不管他知道不知道呢。

你的情人是干什么的，你和他有感情吗？

他是个工人。感情说不清，可能有点。

那你以后打算怎么办？

我也不知道该怎么办，过一天是一天呗。

夜深了，四周很安静，屋子里有点凉飕飕的。我和项华晚上喝了不少酒，这会儿都有点发酒寒了，彼此都感到了这深秋夜晚的凉意。我身体挪了挪，靠在了被子上，这样多少暖和了一点。项华先是抱着胳膊坐在那里，后来就站了起来，在屋里走来走去，走着走着，不知怎么就走到了我的身边，紧挨着我坐下了。一时间我们都没有说话，她扭过头来挑战似的看了我一眼，接着就倒在了我的怀里。

不久前，我接到了项华的一封信。她在信中说，龚平得了精神病，已经不上班了，他整天在家里什么事也不干，光是踱来踱去，嘴里自言自语着他不要当语文组组长，不想当语文组组长，谁让他当他也不当。有时他还会跑出去，去砸校长和副校长家的窗户，搞得她也不敢上班了，在单位里请了假，守在家里看着他。她带他到医院去看过了，吃了不少药，都没有用。她现在是一点办法也没有了，所以才给我写信，希望我能在这里联系一家医院，大城市的医疗条件好一些，也许能治好龚平的病。她在信中最后写道，帮帮我们吧，老同学，龚平实在是太可怜了。

有个富翁做朋友真是不错

有个富翁做朋友真是不错，尽管你能沾的光也就是吃吃喝喝玩玩，但那对于像我这样的人来说已经足够了。

张超自从去深圳办公司后，短短几年时间，就发了财，买了房子买了车，还在当地娶了个漂亮能干的老婆，接着他就时常回来住上一阵子，据他说公司的经营已经完全上了轨道，即使他不在，只要有他老婆坐镇也就能正常运转了。张超每次回来，都要请我们几个老朋友到饭店吃饭，去酒吧喝酒，偶尔还会请我们去洗桑拿按摩，以及干点别的什么，快活着呢。一个人发了财，还这么念旧，不忘老朋友，是很让人感动的，愿天下的富翁都像张超。

夏天快过去的时候，张超又回来了，照例请我们去饭店吃饭。他这次回来，还带了个巴掌大的小摄像机，他好像对这玩意儿很着迷，吃饭的时候，他把小摄像机套在手掌上，不停地给我们拍摄，拍完了，还让我们透过摄像机上的一个彩色小屏幕，看他给我们拍下的画面。那屏幕虽小，却很清晰，画面中我们一个个兴高采烈，大吃大喝，除此以外也就没什么名堂了，可张超自己却很得意，一边陪我们看一边笑，还说挺好玩是吧。我们虽然都煞有介事地看着，但其实谁也没觉得这有什么好玩的，不就是吃吃喝喝嘛，哪用得着透过屏幕去看。后来去酒吧时他也给我们拍，甚至我们走路说话他都拍。那些日子里，只要我们和他在一起，他就总拍个不停，还不光拍我们，有时连一棵树，一座楼房，一条街道，他都拍。真不知道他拍这些乱七八糟的东西想要干什么，看来这富翁的兴趣和像我这样的穷人的兴趣就是不太一样。

这个夏天，我常常在夜晚叫上个朋友，和我一起去鼓楼广场玩。我们买几瓶冰啤酒，坐在草坪边的石凳上，喝酒聊天，欣赏四周的各色人等。广场上人很多，红男绿女，有“鸡”有“鸭”，广场中间还有个灯光喷泉，五颜六色的水柱此起彼伏，一边站着些大人和孩子在观看。这里开阔凉爽，微风习习，地面是水磨石的，草坪上有矮灯，半明半暗的灯光下草色朦胧。我们坐到深更半夜，酒喝完了就再去买，等广场上人散去了大半，我们便借着酒兴跟“鸡”搭话，价格总是不妥，因为我们毫无诚意，纯粹就是为了逗乐儿。“鸡”对我们也不是太当真，大约是见我们穿拖鞋拎酒瓶，不像真想做生意的，跟我们也没几句正经话。跟“鸡”逗乐儿挺有趣，这些姑娘完全剥去了矜持的外衣，什么下流话都敢说，有些下流话我们真是闻所未闻。而相比之下，“鸭子”就要含蓄多了。

有一次，我和丁路见一个男青年在广场上东张西望地转了半天，我们就估计他是个“鸭子”，当他再次经过我们身旁时，我喊住了他，问他为什么在这里转悠。他操着外地口音，说他跟一个朋友约好了在这里见面，可不知怎么回事那个朋友始终没来。我说你别胡扯了，我们知道你是干什么的，坐下来聊聊天吧，咱们都是同志，说着我还搂住了丁路的肩膀。他坐下后，丁路请他喝啤酒，他不肯喝，丁路把酒瓶硬塞给他，非要他喝，他就喝了起来。这家伙没什么酒量，几口酒下肚后话就多了起来。我们问他是哪儿的人，他说他是浙江嵊县人，那是越剧之乡，他们一家人都是唱越剧的。他说他以前在一个剧团里，后来剧团倒闭了，他无以谋生，才出来混的。我们让他给我们唱一段，他立刻翘着兰花指，唱了起来。我们夸他唱得好，不停地向他敬酒，后来他一瓶酒没喝完就吐了，身子也有些不稳，老是想往我的怀里倒。我在他的耳边低声问他一晚上多少钱，他细声细气地说跟我们在一起挺愉快，随便我们出个什么价他都愿意跟我们走。我说那好，出你五十块钱的价，你跟我的朋友走吧。我对丁路眨了眨眼，站起来独自走了。我走了没多远，回头一看，只见丁路像被火烧了屁股，跳起来朝我狂奔而来。过后一说起这事就让我们乐不可支。你看，只要花很少的钱，就能让我们过上一个多么带劲儿的夜晚。

张超回来后，我也约过他夜晚去鼓楼广场喝喝酒玩玩，可他毫无兴趣。去那儿干什么？他说，要喝酒去酒吧嘛。去酒吧当然不错，可是酒吧里一小瓶啤酒的价钱至少是十五块，而在街头一大瓶啤酒才三块（包括五毛钱退瓶费，实际才两块五一瓶）。也就是说，在酒吧里一小瓶啤酒的价钱，差不多是我们在鼓楼广场整个一晚上的开销。如果同样是喝喝酒玩玩，那为什么不少花点钱？不过既然是张超要去酒吧，我也没意见，反正又不要我买单。

有天在酒吧里，张超对我们宣布，他要拍个有情节的短片，故事他已经想好了。我们一听都觉得这主意不坏，至少比拍我们吃饭喝酒有趣多了。也怪不得他拍了那么多乱七八糟的东西，原来他还有点想法呢。张超又说，他要拍的这个故事中只有两个演员，他指定由我和朱强担任。别的朋友纷纷嚷了起来，都想给他当演员。张超说这第一部短片如果拍得好，他就会再拍其他的短片，到时候他会给所有的朋友机会的。

朱强问张超，干吗要两个男的来演，不如找个女的来和他演算了，他们来场床上戏，动真格的都行，保证精彩。张超说别急别急，以后我会拍个有床上戏的短片的，这次就算了。我对朱强说，你这小子就是嘴上的功夫，光说不练，真让你拍床上戏你也未必敢。我这么说不是没有根据的，朱强这人确实胆小如鼠。

前不久的一个晚上，我和朱强到鼓楼广场玩。我们玩到深更半夜，当我们准备回家时，走到广场边的邮局，忽然发现门廊下躺着一个年轻妇女。朱强提议过去看看是怎么回事。我们走到她面前，问她为什么躺在这儿。她说在这儿睡觉，又说她刚从农村出来打工，还没找到活儿干，去旅馆住要花钱，在这儿凑合睡睡算了。我们说在这儿睡觉很不安全的，要是遇到坏人就麻烦了，其实找个私人小旅馆花不了几个钱的，还是走吧，别睡这儿了。她不听我们的，执意要睡这儿，我们也没办法，又劝了她几句，就离开了。走出去挺远了，朱强对我说，你反正一个人住，不如把那女的领回家住一夜得了。我说我没兴趣，你要领你领。他说我有老婆，怎么领啊。我看他的样子不像开玩笑，就给他出了个主意，我说你找个私人小旅馆，出钱让她住一夜，她肯定感激不尽，你趁机提出干点事，她不会不同意的，你干完了再回家。不行不行，他吓坏了，要是警察来抓怎么办，或者她黏上我怎么办？我给他分析了一番，总之是要打消他的顾虑，告诉他这么干绝无任何危险，可还是没把他说动。我说那就算了。当我们俩走到路口，正要分手时，他冷不丁问了我一句：你说真没危险吗？我说肯定没有。他点了点头，伸手拦了辆出租车，若有所思地坐上车回家去了。再见面时，他还跟我讨论：那天晚上，要真把那女的领去小旅馆，恐怕也不会出事，你说是不？

我和朱强还有张超，坐在出租车上往江边开去。车子出了市区，又在市郊开了好一段，在一个轮渡码头停住了，我们下了车，准备在这儿坐轮渡到八卦洲去。张超把我和朱强从家里叫出来的时候，只简单地对我们说要去八卦洲拍片子，今晚不回来了。他既没说拍什么样的片子，也没说为什么非要到八卦洲去拍。我和朱强也没问，无须问啦，反正没有苦头吃的。说实话，跟个富翁在一起心里就是踏实，什么都不用担心，好吃好喝的不算，有时候还能玩点新花样出来。去年张超回来，有天晚上请我们到饭店吃完饭后，一时兴起，又提议到歌厅去唱歌。我们自然没什么不乐意的，跟着他去了一家叫万紫千红的歌厅。张超要了包间，点了酒水，又叫领班喊来一大串陪唱小姐，让我们一人挑了一个。那些陪唱小姐一个个如花似玉，风情万种。我们搂着小姐，喝酒唱歌，真是快活。我还记得，那个陪我的小姐是四川人，二十岁不到，特别活泼，歌唱得不太好，总跑调，但老要跟我猜谜语赌喝酒。那天晚上我喝醉了，怎么回的家都不记得了。

渡轮还没来，我们进候船室转了一圈，见里面人多，就站到外边的树荫下等。这会儿是下午，太阳还有点辣，张超到小店买来三瓶矿泉水，我们一边喝着一边抽烟。码头边上是条小街，几条草狗在街上懒洋洋地溜达，有人在一家店铺前下象棋，边上围了不少人看。张超扔掉烟，对我说要试试镜头，让我独自到街那一头去，然后摆出一副无所事事的样子往这边走，走到下棋的人身边站住，也伸个头往棋盘上看。我问他能不能抽烟，他说随你的便。我嘴上叼着烟，照他说的做了，他在我面前几步远的地方，边举着摄像机拍，边倒退着走。街上的人，包括下棋的和看下棋的，都朝我俩看，我稍有些不自然，幸好嘴上有根烟，时不时吸两口，起了点镇静作用。拍完了，张超又招呼朱强像我一样也来一遍，估计他这是在选男一号。

渡轮来了，我们和候船室里的大群人上去，这些人大多是乡下佬，穿得土里土气，有人推着自行车，有人挑着空菜篮。船开了，张超站在铁栏杆边，开始拍江上突突驶过的一艘拖船，拍完了又对着远处的长江大桥拍。渡轮十几分钟后就靠岸了。

八挂洲是长江中的一个大岛，面积可能有几十平方公里，好几年前我来玩过，印象中就是普通的农村，到处是农田菜地。现在也开发了，出了码头就是一条街，街上挺热闹，店铺林立，人来人往。正对码头的出口处，矗立着一块巨大的广告牌，画面上是一件条纹睡衣，上方有三个斗大的字：奔仙牌。朱强仰头看了这广告牌一会儿，对我和张超说，这睡衣的名字起得多好，叫“奔仙”。我有点奇怪，问他，“奔仙”这名字有什么好，土不拉叽的。朱强说你不懂的，这名字很有想象力。我说这名字有什么想象力？他说，你知道吗，穿上睡衣意味着什么？意味着睡觉。睡觉意味着什么？意味着打炮。打炮意味着什么？意味着快活似神仙。而这睡衣的名字正好叫“奔仙”。这下你明白了吗，笨蛋。我和张超都笑了起来。

我们在街上找人问了哪有住的地方，条件好点的。人家告诉我们有个度假村，离这里不远。我们坐上马自达（一种载客三轮摩托），跟车夫说去度假村，马自达开了没一会儿就到了。这度假村蛮像回事，一边临江，一边是大片的竹林，还有小木桥、竹凉亭、烧烤园。客房是蒙古包式的，包里一应俱全，空调彩电厕所。价格不便宜，一晚上两百块，但有张超在，这算不了什么。

我们订了两间蒙古包，出来又去找吃的地方。虽然度假村里有饭店，可我们更倾向于吃农家饭。还是刚才的马自达，把我们带到一户农民家，这家有个小院子，竹篱笆围的，院里青砖地，葡萄架，四周还种着花，前面就是长江。在这里吃饭倒是不错，我们跟这家人说，晚饭就在院子里吃，放张小方桌，菜嘛，螃蟹、龙虾、江鱼，再来几样时鲜蔬菜，冰啤酒多备几瓶，钱等吃完了算。订好晚饭，坐上送我们来的马自达，车夫问去哪儿，张超说沿着江一直往前开，叫你停你就停。

马自达沿着江边小路朝前开着，张超一会儿叫开慢点，一会儿叫停下，他一个人下车东张西望，然后回到车上，让车夫继续开。马自达开到一处有大片树林和芦苇的江边，张超又叫停车，说就在这里下吧，他给了车钱，我们一起下车。站在大堤上放眼一望，风景还行，大片的树林，林中是灌木丛，斜坡上绿草如茵，江边疏疏朗朗的芦苇随风摇曳。前头不远处的路边，在一棵大柳树下，有一间用木板和芦席搭的简易房屋，看样子是个小店，门口有几张长凳，一节柜台上放着各种饮料。张超说咱们去小店买瓶啤酒，拍片子用得着。我们走到小店门口，在长凳上坐下，一个十一二岁的小男孩在柜台后面露出头，问我们买什么。张超买了一瓶啤酒，又让小男孩给他一段绳子。小男孩从屋里找出一段玻璃丝绳，递给张超。张超把玻璃丝绳一头系在啤酒瓶口，又从地下捡了根不到一米长的竹棍，再把玻璃丝绳的另一头系在竹棍上。他在干这些的时候，我和朱强还有那个小男孩，都好奇地看着他。

现在我给你们说说剧情，张超说。你，他指着我，等下坐到江边，拿着竹棍，把啤酒沉到江里去，摆出一副悠闲自得在钓鱼的样子。你，他指着朱强，从一边走过来，好像偶然看到这里有人在钓鱼，就走到他旁边坐下，看着他钓鱼。你们两个彼此之间不认识，不要说话，就这么一个钓鱼一个看。过一会儿，你从江里把啤酒拉上来，在朱强惊异的目光下，把啤酒盖子咬掉，咕嘟咕嘟把啤酒喝下去。其实你不是在钓鱼，而只是想把啤酒沉到江里凉一凉。你喝完啤酒，放下酒瓶，拍拍屁股就走了。朱强捡起空酒瓶，拿在手里反复看看，觉得自己受到了戏弄，用力把酒瓶扔到江里去，然后转身也走了。故事到此就结束了，你们明白了吗？我们说我们明白了。

啊，朱强说，我的戏多，我是男一号。我说我的戏也不少，我是男一号才对。我们俩为了谁是男一号争了起来。张超说你们俩别争了，你们并列男一号。当然，我们是不会当真在乎谁是男一号谁是男二号的，大不了就是陪着张超玩玩嘛。不过，话又说回来，尽管是玩玩，可我的心里却有几分疑惑：你说拍个故事吧，无论长短，总是要表达出个意思来的，那么张超这个故事表达出了什么意思呢？我在心里琢磨着，可没琢磨出个结果。

我本来打算问问张超，他这故事是什么意思，可想了想还是没问。这有两个原因：其一，出于自尊心的考虑，尽管只是玩玩，我也不想显得自己理解力不足。其二，自从张超成了富翁以后，朋友虽然还是好朋友，可彼此之间的关系已经有了微妙的变化，不像从前那么随便了，什么话都可以说了。总之，我开始习惯了跟张超的一种既亲切又拘谨的关系。不和他乱开玩笑，不对他有任何要求，还有就是不向他问什么。因为我的感觉是一个人发了财以后，总有很多事情是不方便问的。事实上也的确有些事情是不能问的。比如说，张超是个富翁，这毋庸置疑，可他到底有多少钱呢，这就让我挺好奇（穷人对钱总是比较敏感的）。我猜想他大概有几百万，因为如果他只有几十万的话，不可能这么悠闲也不可能这么大方。另一方面，他也不会有上千万或上亿，否则他肯定不会搭理我们这些穷朋友了，谁曾见过这么大的富翁还有情有义？那通常都是些冷酷无情，六亲不认的家伙。我的猜想虽然不无道理，可当然不是最终的答案。最终的答案只有张超自己知道，但我怎么可能会去问他呢？你可以问一个穷光蛋，他有几个钱，那他会对你充满感激的，以为你是在关心他，怕他没钱吃饭，想要周济他。但你要是问一个富翁，他有多少钱，这就有点不像话了吧。你想干什么？是想借钱还是想谋财害命。

张超打开摄像机，抬头看看大柳树，对我们说，他要录下蝉鸣，这个故事里没人说话，但应该自始至终都有蝉鸣。他录完蝉鸣，我们就离开小店，下到了江边。张超说故事就是这样，马上开始拍，过程中你们可以自由发挥，现在到了充分展示你们表演才能的时候了。这么个故事，我想，连意思都不明白，你说怎么发挥？

我找了块石头坐下，拿着竹棍，把酒瓶沉到江里去。这么坐着总有点不太舒服，我干脆身体前倾，胳膊支在腿上，用手托着腮，盯着面前的江水。张超看了看我，说这样不好，你太深沉了，像个思想者。你应该放松，像普通的钓鱼人一样。我换了姿势，盘起腿，向江对岸眺望，那里是个小山冈，有几户农舍。张超不说什么了，他脱掉鞋子，卷起裤腿，试探着往江里走了几步，水不深，还没没到他的膝盖，他转过身面对着我拍了起来。片刻后，他朝朱强招了招手，镜头也转了过去。朱强晃晃悠悠地走过来，在离我几步远的地方像是忽然注意到了我，走到我的旁边坐下，看着我伸向江里的竹棍。我瞥了他一眼，略有点不满的意思，仿佛无端地受到了打扰一样，他不为所动，我也不理他了。大约过了两分钟，我把酒瓶从江里拖出来，咬掉盖子，用手掌擦擦瓶口，喝了起来。喝到一半，我发挥了一下，把酒瓶递给一旁正瞪大眼睛看着我的朱强，他摇摇手，拒绝了。我接着喝光剩下的酒，把空酒瓶放到地下，站起来拍拍屁股走了。朱强捡起地下的酒瓶，看了看，又用鼻子对着瓶口闻了闻，然后使劲把瓶子扔到江里去，他也站起身，拍拍屁股走了。

张超评论道，还不错还不错，特别是你把酒瓶递给他喝那一段，有点创意，再拍一遍。我问为什么还要拍，张超说你不懂，拍片子都这样，反复拍好几遍，选出其中最好的。那就再拍吧。酒没了，我回小店去买。

那个小男孩正站在小店门口注视着我们，他问我，叔叔，你们在拍电影吗？我说是啊，是在拍电影，我叫姜文，那边是张艺谋。小男孩显然不知道姜文和张艺谋是谁，没有任何反应，我也觉得自己的话有点蠢。姜叔叔，小男孩叫我，你们干吗不到村上去拍，村上人多。我说我们的电影不需要人多，你的父母亲呢？他们下地干活儿去了，小男孩说，姜叔叔，你们的电影里有坏人吗？我笑了，没有，我们的电影里都是好人。那是爱情电影吧，小男孩说。嗯、嗯，也不算，我想着该怎么跟他解释，可又想不出来，连我都不知道我们拍的这是什么故事，又怎么能向他解释得清呢。这时张超在江边喊我：你干吗呢，快点啊。来了，来了，我摸了摸小男孩的脸，有点抱歉的意思，因为没能告诉他我们拍的是什么电影。我买了四瓶啤酒，以备张超要多拍几遍。

又拍了一遍。这回我和朱强都发挥了一下，我没有总是坐着，而是坐坐站站，又手搭凉棚向江中的轮船眺望。朱强的发挥则是接过我的酒瓶喝了两口酒，才又把酒瓶递还给我。拍完，张超一边透过摄像机上的小屏幕看着，一边想了想，说，不行，缺少了一种宁静和安详之感，动作还是不要太多，来，像第一次那样再拍一遍。

正要拍第三遍，从我们来的路上相反的方向，走过来两个像是从城里来游玩的姑娘，一个穿着裙子，一个穿着牛仔短裤，两人合打着一把遮阳伞。朱强一看来了精神，大声咋呼起来：我早说了，咱们这片子就是缺少女的，要是有个女的，效果肯定要好多了。张超说那好呀，你叫那两个小姐也过来拍。朱强马上朝那两个姑娘挥了挥手，喂，你们愿意过来拍片子吗？她们站住了，看了看我们，两人像是低声商量着什么，接着继续向前走去。我对朱强说，你把她们吓跑了。朱强说可惜可惜，要是她们来拍就好了，然后一起吃饭，一起玩。我说没准儿她们也住蒙古包呢，说不定晚上回去还能再碰上她们。张超说快干活儿吧，天不早了。

拍完第三遍，我往草地上一躺，说，不拍了吧，头都晕了。我空肚子灌下三瓶啤酒，的确有点晕晕乎乎的了。你看你，张超说，一点敬业精神都没有，你以为当演员那么容易呀，也要吃苦的。我说你要是拍十遍，我不能也灌十瓶啤酒下去啊，那我非醉了不可。张超说好吧，不拍了，光线也不行了，咱们歇一下就去吃晚饭。

张超和朱强在我旁边的草地上坐下，他们把剩下的两瓶啤酒打开，一人拿着一瓶喝了起来。我们谈起刚才的拍摄，朱强开始自吹自擂，说自己的表演如何如何到位，简直就是直奔奥斯卡最佳男演员而去了。我说你的表演跟我比差远了，不信你让张超评评咱俩谁演得好。张超说你们俩的表演都勉强还说得过去啦，没什么好比的，要说好，还是我这编剧和导演好。说到编剧，我又开始琢磨起这故事到底是什么意思了。

我们聊了一会儿拍摄的事。张超喝下了半瓶酒，他有点兴奋，又跟我们说起了别的事情。他说他这次回来之前，先去皖南山区玩了一趟，住在一个叫渔梁坝的古镇上。那里空气清新，景色极美，四周山峦起伏，新安江的支流练江就从镇边流过。江上还有一个明朝修建的古坝，全部由清一色的大石板垒砌而成，叫渔梁坝，镇名由此而来。

张超住在一户渔民家。傍晚，吃过饭后，张超雇了一条渔船，坐在上面溯江而上，欣赏江中的景色。船划到一处江面，张超看见紧贴着水面有一个用竹竿搭的长方形的架子，架子两边各站着几只鱼鹰，一动不动。

那些鱼鹰嘴尖脸瘦，身体灰暗，圆睁小眼望着水面发呆，每只看上去都是那么孤苦伶仃。张超问渔夫，这么晚了，为什么不让鱼鹰回家。渔夫说，鱼鹰这东西腥得很，不能养在家里，否则一家人包括左右邻居都会腥得受不了的，所以只能把它们拴在江上。那这些鱼鹰就总是这么站在江上呀，张超又问，一年四季都是这样吗？渔夫说是的，除了捉鱼的时候把它们解开，捉完鱼就一直把它们拴在江上。渔夫见张超对鱼鹰好像挺有兴趣，接着又说了下去。

鱼鹰的肉因为太腥，是不能吃的。曾经有人不信邪，吃了鱼鹰的肉，结果浑身上下都腥得要命，很多天也去不掉，别人都不敢靠近。鱼鹰通常能活二十几年，但过了二十岁，鱼鹰就老了，不能抓鱼了。这时候心肠好的人，还养着它，给它点小鱼吃吃。不过一般的人都是把它活埋了，因为肉不能吃嘛，留着它也没用。

天哪，张超想道，鱼鹰的命可真苦啊。无论是炎炎夏日，还是凄风苦雨的寒冬，这玩意儿永远就这么站在江上，一站就是二十年，到头来却落得个被活埋的下场。

夜里，外面下雨了，张超睡不着，听着滴答的雨声，想着黑暗中那些站在江上的苦命的鱼鹰。

张超说完了苦命的鱼鹰，对我们说，走吧，咱们去吃晚饭。我们站起来，沿着江边向回走去，想想还有一顿多么丰盛的农家饭在等着我们，真让人愉快。我的头还是有点晕晕乎乎的，走起路来步子也有点发飘，不过感觉很舒服。我扭头看了一眼，那个小男孩还站在小店门口望着我们，我向他挥挥手，说再见了。夕阳西下，天边呈一种玫瑰色，大片的江水被晚霞映红了，一只无人的小船拴在岸边，随着江水摇动着，发出咕咕的声音。一阵略带潮湿的江风迎面吹来，仿佛给我微醺的头脑带来了灵感，忽然间，我一下子明白了我们拍的这个故事的意思。这意思是那么简单明了，也是那么深刻……也许，这意思并非是张超本来想要表达的，而仅仅只是我的理解，但此时此刻，这已经完全无关紧要了。

图书在版编目（CIP）数据

杯酒人生 / 顾前著 . — 北京 : 北京十月文艺出版社，2018.10
ISBN 978-7-5302-1839-6

Ⅰ . ①杯… Ⅱ . ①顾… Ⅲ . ①长篇小说—中国—当代 Ⅳ . ① I247.5

中国版本图书馆 CIP 数据核字（2018）第 119211 号

杯酒人生
BEIJIU RENSHENG
顾前 著

出　版　北京出版集团公司
　　　　北京十月文艺出版社
地　址　北京北三环中路 6 号
邮　编　100120
网　址　www.bph.com.cn
发　行　新经典发行有限公司
　　　　电话（010）68423599
经　销　新华书店
印　刷　北京盛通印刷股份有限公司
版　次　2018 年 10 月第 1 版
　　　　2018 年 10 月第 1 次印刷
开　本　787 毫米 ×1092 毫米 1/32
印　张　6.25
字　数　91 千字
书　号　ISBN 978-7-5302-1839-6
定　价　36.00 元
质量监督电话　010-58572393